廣東話要我2

自序

粵問代表我的心　母語團結香港人

母語，本應係個語文教育嘅課題，但竟然變成個社會話題。

今年5月初，我睇見教育局上載咗一篇大陸學者嘅文章，話「廣東話唔係我哋嘅母語」，咁我為咗抒發下情感，喺facebook拍咗條片講番教育局應該引用得準確一啲，冇理由引用一個冇研究粵語　嘅內地學者所寫嘅文章，而又唔引用香港出色兼有博士學位嘅語言學學者。

我冇教書、做全職藝人差唔多一年，冇學生聽我講書，咪諗住喺社交網站拍吓片同粉絲交流吓，點知，一個母語激起千重浪，引來好多嘅關注同埋迴響。條片嘅點擊率方面，讚好有5.5萬，分享有2.4萬，瀏覽有82萬；仲有香港傳媒廣泛報道，以及內地視頻網站亦有轉載我條片，有關嘅網址會喺內文交代。

當議員、記者詢問政府高級官員佢哋嘅母語係咩嘅時候，官員竟然左閃右避，教育局局長最後終於承認自己母語係廣東話，行政長官居然覺得母語係咩呢條問題好無聊。梗係啦，佢哋答開呢啲問題加嘛，例如：一國兩制、一地兩檢、高鐵、土地問題、最低工資、強積金對沖等；教育問題，例如：國民教育、國歌教育、香港史、中學文憑試改革、中小學教師學位化等。佢哋對政治經濟教育民生問題，雄辯滔滔，詞鋒鋭利，但一講到語言，自身嘅語言，身份認同等，例如：你母語係咩？廣東話係唔係方言？你撐唔撐香港隊等，佢哋嘅面容扭曲繃緊，相當尷尬，一啲都唔似高官。

所以，我哋要幫特首、教育局局長，以至其他高官，等香港嘅語言學學家同佢哋好好上一課語言學。五月中，港澳辦就已經為官員上咗一課，文件有四點，而第二點就提到語言：「要注意用港澳社會容易認同和接受的方式、語言」。（http://www.hmo.gov.cn/xwzx/zwyw/201805/t20180511_18276.html）

呢個語言係指英文、普通話定係廣東話？句子指出兩個標準：「接受」、「認同」。被動接受未必係自願認同，邊種語言我哋既接受又認同？仲有一個含比較元素嘅詞語「容易」，三種語言邊種最容易？呼之欲出啦。

究竟係我條片無風起浪，炒起個母語熱浪，定係根本個熱浪，吖，唔係，係嗰口氣一直喺度，而條片只係一條管道輸嗰口氣出嚟呢？明報出版社趁住舊作《粵講粵法》（2008年）、《撐廣東話》（2012年）已經斷版，咁啱又乘住呢股母語熱浪，將文章重新編排，加啲新嘢而又保持十年以嚟嘅原汁原味，最後取名《廣東話要我》。

《廣東話要我》有首主題曲，叫「粵問」，係我第一首填詞嘅歌曲，原曲係林子祥嘅《衝上雲霄2》：

遙望佢背脊 / 堅想去試試 / 尋覓語法裏鑰匙

研習數百次 / 轉身講畀你 / 粵語的俊朗及風姿

動作有個「過」 / 越過經過咗 / 歷遍艱辛跨過石崖

量化有個「晒」 / 中英通通識 / 就叫科科畀佢玩晒

天公給你兩袋雪 / 應當稱作雙賓句 / 仲有冇相似嘅式樣

開火解凍暖住你 / 個個動詞分主次 / 連動句他媽的趣

我並唔係粵語代言人，只係一名小小嘅粵語僕人。

不求對你產生影響力，只望對你有點參考價值。

歐陽偉豪

目錄

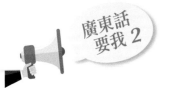

補語篇

語序篇

詞綴篇

量詞篇

量名篇

否定詞篇

副詞篇

介詞篇

歎詞篇

離合詞篇

1 粵語語法學

洪年偉論釋粵法
語法和語言自覺
廣州小學的粵語教材的啟示
小朋友寫粵語
推廣粵語動之以情

洪年偉論釋粵法

張洪年老師四十年前的著作《香港粵語語法的研究》，中大出版社2007年發行了增訂版，以「著作寫後三十年仍得同行每年引用超過五次才算經典」來衡量，這作品是經中經、典中典。老師能繼承傳統而不因循，在六十年代重英輕中的香港，寫出成家之説，開創了粵語語法學之先河。

1996年我還是碩士生時，老師在中大的一次演講中討論到粵語早期的體貌系統。他指出表示完成意思時，「食咗飯」的「食咗」可以縮略為「食^2」，即以第二聲來唸「食」字，整個短句就是「食^{2}飯」。我問他「嚟喇」的「嚟」也是讀作第二聲，「嚟^{2}喇」卻不表示完成的意思，相反，短句表示就快或進行中的意思，即我快要前來或我正在前來。直至現在，他每逢與別人談論體貌問題時，他都會引用「唔好催啦，嚟^{2}喇！」這個例子。

2000年，我終於「嚟喇」—「嚟」到香港科技大學人文科學部跟他念語言學博士。一次，他問我有沒有注意到電台主持人常這樣報時：「下午四點嘅二十分」，

「嘅」為什麼可以插在其中？這問題我一直想着、想着，最後這句式成了我論文的重點。原來，當代的香港粵語中，量詞可以被「嘅」字跟隨，例如：「我放咗三本嘅雜誌喺枱上面」、「嗰篇嘅文章寫得好好」。

老師耳朵靈敏，反應敏捷，有一次在他家的聚會中，正當我説到「今晚啲嘢食⋯⋯」，他便突然大呼呼「嘢食」，二字插入角度之準繩，速度之快，全場頓時無言以對，我連忙低頭想吓內裏玄機，汗珠已從我額頭滴下，滴汗至深夜才想到類似的詞語「嘢飲」、「嘢玩」。原來，這三個詞語構詞相當特別，「嘢」是賓語，即普通話的「東西」，由後面的動詞「食」、「飲」、「玩」來支配而形成〔賓語—動詞〕這個名詞組合，例如：「嗰啲嘢食好好味」、「嗰啲嘢飲唔夠甜」、「嗰啲嘢玩好貴」。

現在，還有很多人仍然認為粵語乃方言俗語，沒文法可言；今天，成書於上世紀60年代、以結構主義為骨幹的《香港粵語語法的研究》再度出版，足證口語研究歷年不衰。再補一句，本書重點在描述粵法，所以偉豪在此誠意向大家推介洪年教授的偉論。

語法和語言自覺

當母語熱浪席捲全城時，人人都變成語言專家，熱衷討論母語、方言、外語等概念，這是好事，起碼語言自覺提高了。但對於讀語言學的學者來説，光是討論這些詞彙意義不大，最後都要回歸語言本身，看看其語法（grammar）。

語法，廣義指所有語言符號（語音、語意、句法、語用）法則的總和；狹義指句法（syntax）。語法問題到底是問什麼？例如：英文如何表達單數複數？中文又如何表達單數複數，又或者中文有沒有單數複數之分？

語法裏面，句法好像你的骨架，詞彙字音就好像你的膚色。不同民族膚色不同，但骨架相同。看到這裏，你也許有點迷惘，明明中英文的句法很不同，如何有相同的骨架呢？這是屬大學研究院的課題，暫且不討論。

坊間亦有個研究院，叫「Ben Sir 研究院」，它是2017年無線電視的綜藝節目，一般綜藝節目以廣東話講旅遊飲食玩樂資訊，而 Ben Sir 研究院以廣東話講廣東話，每一集都會有一個小問題提升觀眾的語言自覺，例如：

「啪啪啪」與「嗱嗱嗱」是個怎樣的組合？

為何「一啲」對，而「兩啲」錯？

究竟是「三口六面」還是「二口六面」？

「有鬼用」、「冇鬼用」都是沒用，如何分辨？

「屎急」、「急屎」為何有兩個講法？

「忍唔住笑」、「忍唔住唔笑」都是笑，有何分別？

「食咗佢」、「死咗佢」，兩個「佢」相同嗎？

「無啦啦」、「無情情」哪個較為無聊？

「冇，睇吓你得唔得閑」，前後有沒有矛盾？

「硬崩崩」、「硬倔倔」哪個較硬？

「日以繼夜」、「夜以繼日」哪個較勤力？

「黑口黑面」、「冤口冤面」哪個較為樣衰？

「圓咕碌」、「圓氹朵」哪個較圓？

廣州小學的粵語教材的啟示

偶爾在網上看見一間叫「廣州五羊小學」，他們自己制定了一套粵語教材，這套教材反映我們在香港很多的擔心。

我們擔心粵語不是全球華人讀得明，廣州小學出版了粵語教材。

我們擔心小朋友學粵語書面語會混亂，廣州小學粵語教材教授粵語書面語。

我們擔心未有粵語字典規範 o^{1}go^6，lak^{1}kak^1，aam^{4}caam^4 文字時，廣州小學沒等字典面世就出版粵語教科書。

我們高官擔心粵語是否母語時，廣州的朋友就說：「我們要掌握好普通話，掌握好英語，更要講好我們的母語——廣州話（粵語）！」

我們皺眉的擔心，別人行動的決心。

（廣州五羊小學粵語教材：

https://kknews.cc/zh-hk/education/bxv4re6.amp）

參考過他們的粵語教材，我突然靈機一觸，可以找兩個小朋友做一些粵普語法對比練習，例如：

臭豬西西好苦惱，小娜猩猩開解佢。

臭豬西西：小學生用廣東話寫周記，得唔得㗎？

小娜猩猩：你咪喺周記寫「廣東話」三個字囉。

臭豬西西：「我差唔多食完」，廣東話點寫？

小娜猩猩：仲可以寫「我食完咁滯」。

臭豬西西：吓，廣東話有兩個講法：「我差唔多食完」、「我食完咁滯」……

小娜猩猩：普通話就只有「我差不多吃完」。

臭豬西西：只有……

小娜猩猩：唔好咁啦，語言係冇分高低，只有分輸贏。

為了更系統地讓學生學習粵語，2017年五羊小學更推出了，可能是「廣州第一本校本粵語教材」的《粵讀羊城》！

學粵語從學習廣州之名開始

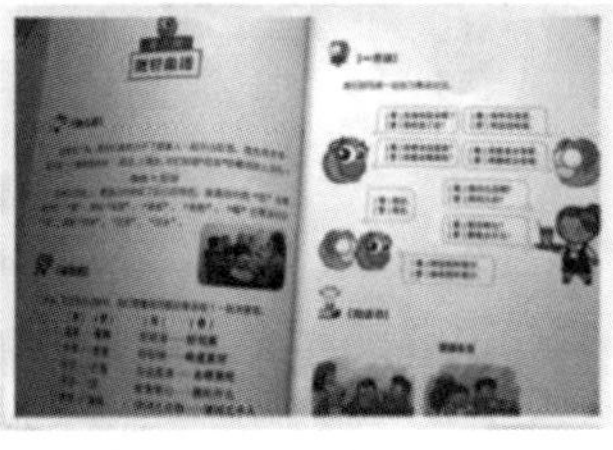

源自於廣州生活的教材

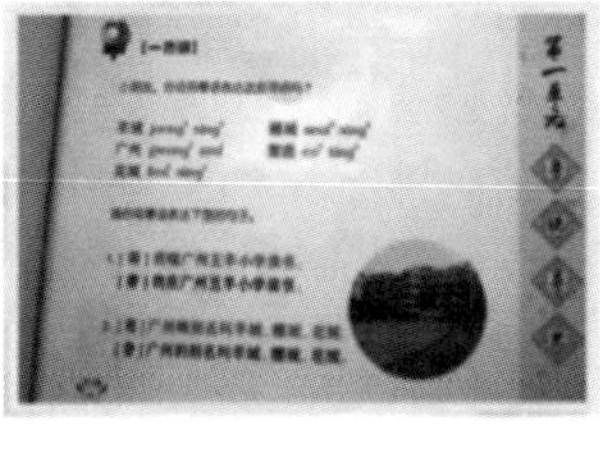

廣東話要我 2

小朋友寫粵語

不時網上有傳媒訪問香港小朋友一些廣東話的知識，譬如認不認識某些歇後語，來反映廣東話的使用是否愈來愈少。我在網上亦向大眾呼籲過，要振作一點，語言是要靠人用的，撐廣東話不是純靠Ben Sir，而是靠小朋友！要教小朋友寫廣東話，用粵語寫周記。惟有廣東話同時發展口語和書面語才算是整全的。傳媒對小朋友寫廣東話的報道如下：

很多大人擔心小朋友用廣東話入文會粗俗，忘記了文雅的中文。這也是一個語言的謬誤，因為每種語言都有雅俗兩面，英文有，普通話有，廣東話有，中文整體上都有。其實，小朋友用廣東話寫周記時，也可以運用成語，例如：不屈不撓。

「曹星如面對強敵都唔怕，展現出不屈不撓嘅香港精神。」（Ben Sir成語大學堂1，P.19-20）。

這句子運用了廣東話，有沒有損害「不屈不撓」的文雅？

當然，小朋友想詼諧一點，可以這樣寫，那不就是雅俗共賞嗎？

「Ben Sir屙完屎後，繼續推廣粵語書面語，展現出不屈不撓嘅香港精神。」

為抒情，小朋友用粵語寫周記。

為實用，小朋友用現代漢語做：作文、默書、閱讀理解、抄書、作業、考試、測驗。

一個情景用粵語，七個情景用現代漢語，情理兼備，包容並存。

小朋友除了粵寫周記外，還可以粵寫科，粵寫數。例如：

1. 星期日，我哋一家人去酒樓飲茶。（粵寫周記）

2. 水嘅沸點係攝氏100度。（粵寫科）

3. 三角形嘅內角和係180度。（粵寫數）

用了粵語詞彙：嘅、係、哋，資料傳遞有沒有缺少？語氣有沒有變得粗俗？沒錯，全球華人未必明白粵語入文，但是儒家思想教導我們要謙遜，所以自己的老師家人同學朋友，甚至讀者，看得明白自己寫的粵語便可以，絕不可以奢求全球華人能夠明白粵語書面語。

推廣粵語動之以情

推廣粵語我還可以做什麼？這問題我想了幾年，現在，終於有答案，就是拍一部廣東話紀錄片。

這套片，要獎項，要商業，要賣埠，不是大學生習作！

我在facebook講過，暫時收到粉絲的建議為：60-90年代廣東歌，許冠傑廣東歌歌詞，粵語長片舊粵語，粵語歇後語，外國人學廣東話，廣東話創意文化，社區小店等。

廣東話口語好像獅子山下的劏房，雖然有，但不夠。

每個人都想搬去三房，就如廣東話都想由口語變成口語同書面語。

搬屋細換大，多少要看外在因素。

廣東話書面語成不成，行不行，就要看講廣東話的人的本身。

獅子山下，母語樓情。

廣東話，不用就沒有；文化，不珍惜就沒有；港產風月片早已經沒落。

風月片名，莊諧並重，例如：把古代客棧的「借宿一宵」，改為抵死中樂團的「借叔一簫」。

一種語言，一種文化，有俗有雅，要保護，就要成個保護。

每種語言都有自己的歷史，但不是每種語言我們對它都有感情。

有種語言，好似工作上的伙伴，你只會招呼它入客廳坐。

有種語言，好似舊同學好朋友，你會招呼它入書房砌模型。

有種語言，好似你父母子女，你會讓它進入你睡房傾訴心事。

情有多深就有多入。

2 動詞篇

Hea出個未來

好hea好頹

O嘴與黑面

豪畀佢

貪佢夠大

多的多面睇

得人讚、得人錫

畀人讚、畀人錫

抵人讚、抵人錫

Hea出個未來

2007年《明報月刊》報道了兩位諾貝爾文學獎得主高行健和大江健三郎的對話，他們均認為作家處於人生邊緣的位置，以個人微弱的聲音來觸發人性，令作品達至普世價值。文學有從邊緣到普世這個過程，口語研究也有，例如：冇嘢做，去街 hea 吓。

Hea有音無字，是香港流行語，根據香港語言學學會的粵語拼音方案，其標音符號是〔he^3〕。據上例，hea 的意思是閑着無聊，四處遊蕩。又如：空堂冇嘢做，去圖書館hea。因空堂沒事做，便在圖書館裏時踱時坐，翻書上網伏案小睡。Hea 且有貶意，請看：

（1）七科五星星狀元成日去圖書館 hea。✗

（2）陳先生日理萬機成日去金管局 hea。✗

狀元及陳總裁是勤奮之人，不會閑時在圖書館及金管局裏呆坐打發時間，所以 hea字令句子不符現實。

Hea除了在上例作動詞外，還可作形容詞，如「佢好hea」，意思是他很頹廢，大概是由無聊而衍生出來之意。

以上用法，這四五年間我才聽聞過，但hea本身我一點也不陌生，因為小時候婆婆經常這樣罵我們：

（3）**唔好hea亂啲衫啦，要啯件就攞啯件**。

意思是不准左翻右翻，把疊好的衣服搞亂。又例如：

（4）**唔好hea晒啲玩具出嚟**。

意謂看準哪件才取那件。所以，根據這些語境，對於婆婆來說， hea指漫無目的，東摸西摸把東西搞亂。

年輕人的hea與老人家的hea有關聯嗎？穿梭於兩者之間，我倒覺得「好le^2he^3」！le^2he^3又是一個寫不出來但常用的疊韻形容詞，意指事情出亂子，例如：

（5）**嘩，原來係三胞胎，真係好** le^2he^3！

由此觀之，le^2he^3跟婆婆所用的 hea意思相近，有出亂子、令人措手不及之意。

上述分析綜合如下：

	年輕人的 hea	老人家的 hea	Le^2he^3的he^3
語音	he^3		
語意	無聊頹廢，四處打發時間	漫無目的東摸西摸，把東西搞亂	出亂子
詞性	動詞、形容詞	動詞	形容詞

從語意來看，年輕人的hea跟老人家的hea那個「漫無目的東摸西摸」意義相似，而le^{2}he^{3}的he^{3}則近於老人家的hea，那個「把東西搞亂」之意。就這樣，兩個hea的關係便給連繫起來，縱使箇中證據還需詳加思索，但可以肯定的是，把屬邊緣位置的口語成分綜合來研究，其成果便接近語言深層的普遍規律，我們終於hea出個未來了！

好hea好頹

想深一層，hea這個語言單位還有很多用法，足以在這裏再跟大家談談。請看：

（1）我食完飯去咗數碼港度hea 吓。

正如拙文《hea出個未來》所述，hea字有無聊、沒事做之意，例（1）的hea也有此意，只要把句子擴充開來便能感受得到，如：

（2）我食完飯，冇咩做就去咗數碼港度hea 吓。

有沒有其他字代替hea的用法呢？再看：

（3）我食完飯去咗數碼港度$gung^3$吓。

例（3）中 $gung^3$與「貢」同音，為方便起見，以「貢」字替代。原來，「貢」字也表示近似的意義，即沒事做，左踱右踱。譬如下列兩老的說話都顯示「hea 吓」、「貢吓」的意思接近：

（4）老人家：喂，朝頭早飲完茶有咩做呀？

老人精：冇呀，去維園度hea 吓囉。你呢？

老人家：我就多數去拉把度貢吓嘞。

老人精：抵得你吖，學理啲後生將「圖書館」講成「拉把」。

那麼，凡「hea」出現的語境，「貢」是否必然可以替代呢？譬如：

（5）博士成日上堂都hea 吓hea吓。

（6）啲學生成日做功課都hea吓hea吓。

（7）博士成日上堂都貢吓貢吓。✗

（8）啲學生成日做功課都貢吓貢吓。✗

例（5-6）用「hea」，合語法；例（7-8）用「貢」，不合語法。原因是這些句子涉及動詞「上堂」、「做功課」，「hea吓」描述做動作的態度馬虎，因此可用「求其」、「是但」來替代，如：

（9）博士成日上堂都求求其其。

（10）啲學生成日做功課都是是但但。

而「貢」只適宜與地方詞組搭配，如：「去維園度／去拉把度貢吓」，所以例（7-8）便不合語法。

「hea」、「貢」用於地方上指四處逛蕩，無所事事。「hea」還可用於動作上表現得過且過之意，如下表所析：

hea 吓	貢吓
地方〔 〕 語意：四處逛蕩，無所事事	
動詞〔 〕 語意：馬馬虎虎、得過且過	動詞〔 〕✗

正因「hea」表達馬虎的態度，可由動詞變為形容詞而成下列例子：

（11）**呢個**professor **好**hea **㗎**。

但「貢」則不能用作形容詞，如：

（12）**呢個**professor **好貢㗎**。✗

既然「好hea」表示馬虎，那跟「好頹」一樣嗎？學生告訴我，「好頹」指不備課，什麼都不做，對學生要求低；「好hea」則沒那麼差，只是依本子把課講完，低度熱誠、小量激情，如下表所示：

形容詞用法		
好貢 ✗	好hea	好頹
好貢 ✗	沒那麼差	很差

O嘴與黑面

在一宗非禮案件的聆訊中，受害人在法庭作證時說：「佢突然攬住我，我即刻O咗！」今時今日，法官、律師只精通英語是不足夠的，還需要理解日常粵語，才能準確判斷受害人當時錯愕無奈的情緒。

「O咗」是從「O咗嘴」縮略過來的， 除了「O嘴」， 我們還有「扁嘴」、「木嘴」（唸作「muk⁷嘴」）。這三張嘴的形狀都是由前字表示的。「O嘴」即嘴呈O形，雙唇分開似英文字母O，表達無奈之情；「扁嘴」則是嘴呈扁狀，雙唇閉合兩口角向下彎，有不開心、失望之意；「木嘴」是雙唇閉合，兩口角向內收縮，而上唇中央向外微微隆起，多用來描述別人戇直，是個貶詞。在這裏，「O」、「扁」、「木」是形容詞，用作名詞「嘴」的形狀。

有時中文的形容詞與動詞的分別不太顯著，因此這三張嘴又可作動詞用，如

（1）**佢O咗嘴、佢O晒嘴。**

（2）**佢扁咗嘴、佢扁晒嘴。**

（3）**佢木咗嘴、佢木晒嘴。**

此三例的詞組中間可加插完成標記「咗」或全部標記

「晒」，這顯示「O」、「扁」、「木」可用作動詞。至於從整個詞組來說，「O嘴」、「扁嘴」、「木嘴」本身可作形容詞，下列例子顯示，各詞組都能給副詞「好」修飾，以及進入「過」字比較句，這些用法多見於年輕人的語言裏，如：

（4）**我聽咗之後好O嘴，重O嘴過阿Paul。**

（5）**返到屋企就好扁嘴，重扁嘴過未返屋企。**

（6）**佢真係好木嘴，重木嘴過阿哥。**

聰明的你或許會想到其他與嘴巴有關的詞組，譬如：

「咪嘴」、「駁嘴」、「串嘴」等，你能用同樣辦法來指出這些例子跟上文的異同嗎？

近期流行講「黑面」，「面」與「嘴」同是頭顱的一部分，與形容詞「黑」字結合組成〔形+名〕詞組。另外，「黑」也可用作動詞，與「晒」字併合，如：

（7）**記者一問唯唯嘅感情事，佢即刻黑晒面。**

「黑面」整個詞組也有形容詞特性，與「O嘴」一樣，給副詞「好」修飾以及能夠進入「過」字比較句裏。例如：

（8）**唯唯今日〔好黑面〕，重〔黑面過〕子怡。**

「O嘴」、「扁嘴」、「木嘴」、「黑面」這些〔形+名〕詞組同屬一類，前字可作形容詞及動詞，後字指頭顱的器官，而整個詞組屬形容詞類別，請參看下表：

形容詞詞組	
形容詞	器官名詞
O	嘴
扁	嘴
木	嘴
黑	面

豪畀佢

大學生常兼職幫中小學生補習，據我的學生所説，市價大約是每小時一百至一百五十元。我當年的巔峰時期是一星期補十三個小時，補習是正職，上課是兼職。詞語也有做兼職的情況，例如：「江晚正愁予，山深聞鷓鴣」《辛棄疾 · 菩薩蠻》，「愁」字本屬形容詞，如「哀愁」，但在詩句裏卻變成動詞，即使人發愁。現代的粵語和普通話都繼承了這項兼職的使命，但程度卻不同。

以「豪」字為例， 名詞的用法有「豪傑」、「文豪」，如：

（1）佢唔單只係豪傑，重係個大文豪。（粵）

他不只是豪傑，還是個大文豪。（普）

「豪」字還可用作形容詞，如：

（2）佢好豪爽，買咗隻豪華遊艇送畀我。（粵）

他很豪爽，買了艘豪華遊艇送給我。（普）

不過，「豪」在粵語裏還可當動詞用，但普通話就不能，如：

（3）份功課得十分，唔鬼做喇，豪畀佢啦。（粵）

這功課只有十分，不做啦，豪給他吧。（普）✗

除了「豪」字外，「的士」也在粵普裏呈現不對稱的兼職現象。先談一致的特點，「的士」在雙語裏都可縮略成單音節「的」字，如：

（4）搭的、飛的（粵）；打的（普）

縱使粵普所搭配的動詞都不同，但「的」這個用法都屬名詞。此外，兩個語言不同之處就是，「的」字在粵語裏還可作動詞，如：

（5）夠鐘喇，不如的去啦……頭先的咗幾多錢呀？（粵）

時間到了，不如的去吧……剛剛的了多少錢？（普）✗

句子中兩個「的」字都是動詞，意思是乘的士。相對應的普通話就不合語法了。「的士」在粵普裏同是外來詞，但「的」字在粵語裏還可當動詞用，變化較多，生命力較強。

另外，一些象聲詞在粵語裏也可用作動詞，而普通話則不行——微波爐把食物弄熱後會發出「叮」一聲作提示，於是我們便把「叮」用作動詞，如：「叮翻熱啲牛奶啦」。

現在購物很多時候都可以用八達通卡來付款，在感應器上拍一拍，發出「嘟」一聲就表示結帳完成，這一聲「嘟」在粵語裏也可以用作動詞，而普通話則不太流行，

如：「好似冇聲喎，再嘟多次啦」。

「豪」、「的」、「叮」、「嘟」在粵語裏都可兼職作動詞用，而普通話則沒有，以上析述可見下表：

作動詞用	粵語	普通話
豪	✓	✗
的	✓	✗
叮	✓	✗
嘟	✓	✗

貪佢夠大

台灣的陳水扁政府因貪腐輸了總統選舉一戰；前上海市長陳良宇因貪污入獄十八年；有些女士貪美麗而節食減肥，最後患上厭食症；有些同學，甚至教師因功課或教學壓力，自尋短見，貪死怕生。我本人則貪生怕死，還有貪稿費、貪玩、貪便宜……

普通話也有這些說法，就是「貪錢」、「貪便宜」、「貪玩」。可見，粵普的「貪」字併合能力可綜合為：貪＋名詞；貪+形容詞；貪+動詞。

要是把「貪」字後的成分擴展開來，便會發現粵普是有分歧的。例如：為什麼要買豪宅？粵語會這樣答：

（1）貪佢夠大。

例（1）裏，跟着「貪」字是個〔主語＋形容詞詞組〕的句子，即「佢」是主語，「夠大」是形容詞詞組。

可是普通話就不能把例（1）說成例（2）：

（2）貪他夠大。✗

（3）圖他夠大。

例（3）顯示普通話要用「圖」字來與〔主語+形容詞詞組〕相配。換言之，「貪」字在粵語裏的併合能力比較大。

既然「貪」字可與句子結合，往下看就是這個句子的特徵了。例如：

（4）**我貪歐洲車安全過日本車。**

例（4）裏，「貪」字後的句子均有主語（「歐洲」）和賓語（「日本車」），而普通話則要用「圖」，即：

（5）**我圖歐洲車比日本車安全。**

上二例「貪」字後的句子是〔主＋動＋賓〕形式，當中的「比……安全」是個靜態動詞詞組，那麼，動態動詞詞組能否進入「貪」字句呢？請看：

（6）**我而家先至吸塵，就係貪佢做緊功課，唔使阻住晒。**

例（6）裏，「貪」字後也是個〔主＋動＋賓〕句子，主語是「佢」，賓語是「功課」。當中的詞組「做緊」表達動作進行的意思，因此是個動態動詞詞組。所以，在粵語的「貪」字句裏，動詞詞組動靜皆宜。

普通話如何呢？請看：

（7）趁他在做功課。

（8）圖他在做功課。✗

原來，例（6）的「貪」字就是有趁着的意思，普通話則要像例（7）般直接使用「趁」，而非例（8）的「圖」。

「貪圖」一詞就這樣給粵普扯開了，粵語一味用「貪」；普通話既「貪」且「圖」又「趁」，有關分析總結如下：

粵語		普通話	
貪	錢、平、玩	貪	錢、便宜、玩
	佢夠大 貪歐洲車安全過日本車	圖	他夠大 歐洲車比日本車安全
	佢做緊功課	趁	他在做功課

多的多面睇

如果市民由今天不愛國變成明天愛國，這便證明愛國教育有成效，可是這樣市民便忽然愛國起來。然而，用五十年叫市民循序漸進地愛國，雖然可雪忽然愛國之恥，卻換來拖慢愛國進程的死罪。得成前局長負責教導市民愛國，不知他如何選擇？但見他痛罵安生忽然民主忽然民生後，連日默不作聲，含情脈脈地感謝安生的寬恕，二人盡現行政立法的和諧，這樣的關係真的毫不嫌多。

現在我們也毫不嫌多地討論這個「多」字的多面體，譬如：

（1）呢間學校嘅學生多過嗰間。（粵）

（2）這間學校的學生比那間多。（普）

形容詞在例（1-2）的比較句中用法粵普一致。可是在下面的情況，兩者就有差異了。

（3）呢間學校多學生過嗰間。（粵）

（4）這間學校比那間多學生。（普）✗

例（3）裏，粵語的「多」可與「學生」結合起來成「多學生」。但是，在例（4）的普通話裏，「多學生」組合令句子不合

語法，正確的說法要把「學生」與學校形成「這間學校的學生」這個領屬結構，即：

（5）這間學校的學生比那間多。（普）

再看下例：

（6）呢間醫院多病牀過嗰間。（粵）

（7）這間醫院比那間多病牀。（普）✗

例（6）的粵語接受〔多+名詞〕組成形容詞詞組，而例（7）的普通話則不能，改正辦法是利用「醫院的病牀」這個領屬結構，如：

（8）這間醫院的病牀比那間多。（普）

上述分析得出以下小結：

粵語「多」字比較句可用〔多＋名詞詞組〕、「多」字。普通話「多」字比較句只可用「多」字。

我們可多看其他形容詞能否涵蓋於這小結之內，請看「高」字：

（9）**李氏公司高人工過非李氏公司。（粵）**

（10）**李氏公司比非李氏公司高人工。（普）✗**

例（9）跟〔多+名詞〕的情況一樣，接受「高」加「人工」而成「高人工」這個形容詞詞組。同理，例（10）的普通話裏，「高人工」這結構不合語法，正確的寫法只可用「高」字，如：

（11）**李氏公司的人工比非李氏公司高。（普）**

「高屆數」、「好身材」的情況在粵普裏也一樣，如：

（12）**我高屆數過你，你好身材過我。（粵）**

（13）**我的屆數比你高，你的身材比我好。（普）**

粵普對比可多舉一例：

（14）**出面又大風又大雨。（粵）**

（15）**外面風很大雨很大。（普）**

因此，例（1-15）的小結可擴展如下：

比較句	粵語	普通話
形容詞	✓	✓
形容詞+名詞	✓	✗

得人讚、得人錫

2007年，緬甸政局愈趨緊張，軍人開槍鎮壓手無寸鐵的僧侶和其他示威人士，場面好「得人驚」！前數年，屯門爆發致命流感，一星期內多名兒童染病死亡，更加「得人驚」！

「得人驚」這句式驟眼看來跟下例「得」字用法頗不相同，如：

（1）南華得三分。

此句「得」字有獲得之意，可是「得人驚」多了個動詞「驚」，那麼該如何研究該語句呢？我們試加上主語來作理解，請看：

（2）佢得人驚，我得人憎。

硬用獲得之意來理解則成：

（3）他獲得別人驚怕自己，我獲得別人憎恨自己。✗

例（3）明顯不是例（2）之意，「得」字不應解作獲得。在下例我們試把「獲得」換作「使」字：

（4）他使別人驚怕自己，我使別人憎恨自己。

例（4）的意思與例（2）相近，因此，我們可以得出「得人驚」、「得人憎」此類結構有致使之意，即使別人做某些動作。

閱讀至此，讀者恐怕要提出下例來反駁，證明「得」字句含獲得之意：

（5）沉太得人讚，熱太得人錫。

（6）沉太獲得人家稱讚，熱太獲得人家喜愛。

用例（6）的獲得之意來理解例（5）很是不錯，但再細想一層，兩位太太獲得別人歡心背後總得有個原因，例如：

（7）沉太梨渦淺笑使人家稱讚自己，熱太改了髮型使人家喜愛自己。

例（7）加了原因之後就成致使句子了，所以例（5）既具獲得的意思也有致使的意思。

由此可見，「得人讚」、「得人錫」兩個詞組兼備獲得、致使兩意，而文首所提及的「得人驚」、「得人憎」則只可解作致使。四個「得」字句的用法總結如下：

<table>
<tr><td rowspan="2">句式</td><td colspan="2">「得」字句</td></tr>
<tr><td>得人驚、得人憎</td><td>得人讚、得人錫</td></tr>
<tr><td rowspan="2">意義</td><td>獲得：✗</td><td>獲得：✓</td></tr>
<tr><td>致使：✓</td><td>致使：✓</td></tr>
</table>

但為何「得」字配上動詞「驚」、「憎」不能產生獲得意義，而動詞「讚」、「錫」則可以呢？再看其他動詞：

（8）佢得人怕 ➡ 他獲得別人害怕自己 ✗／他使別人害怕自己。

（9）佢得人鍾意➡他獲得別人喜愛自己／他使別人喜愛自己。

憑藉此兩例的測試，大家能否推測為何「驚」、「憎」、「怕」沒有獲得意義，而「讚」、「錫」、「鍾意」就有呢？

經國際社會多番勸籲下，緬甸軍政府仍無動於衷；在屯門區一些學校裏，一天內超過八十個學童因流感而缺席上課，兩地的情況真使人擔憂。考大家一下，「使人擔憂」這成分又能否換上「得」字句式來表達呢？

畀人讚、畀人錫

中大教務委員會接納了雙語政策報告。學科屬普世性以英語授課；中國文化及通識科目可以普通話或粵語教授；具本土文化色彩和社會政治的科目則以粵語講授。校方為Doctor（博士們）的授課語言制訂指引；但同樣擁有Doctor的醫管局卻沒有為醫生們制訂行醫語言。行醫的Doctor可以自決「院方語言」；校方的Doctor 卻不能自決授課語言，那邊廂的Doctor 真令人羨慕啊！

「令人羨慕」、「令人擔憂」兩者都不能以「得人驚」句式來表達，而要用「令」字句來代替，如：

（1）得人羨慕／得人擔憂／得人興奮 ✗

（2）令人羨慕／令人擔憂／令人興奮 ✓

再者，能夠進入「得」字句的動詞，「令」字句也可接受，如：

（3）得人驚／得人憎／得人讚／得人錫 ✓

（4）令人驚／令人憎／令人讚／令人錫 ✓

所以，「令」字句比「得」字句能夠與較多動詞併合起來。至於意義方面，「得」字句既有致使之意也有獲得之意，如：

（5）得人驚〔致使〕

（6）得人讚〔獲得〕

可是，例（5-6）換上「令」字句時，則只可以理解為致使，如：

（7）令人驚〔致使〕

（8）令人讚〔致使／獲得 ✗〕

例（7）的「令」字句與例（5）的「得」字句一樣，表達致使之意。例（8）的「令」字句雖合乎語法，卻只有致使之意，所以「令人讚」的意思不是「獲得人稱讚」，而是「使別人稱讚」。因此，「得」字句可表致使可表獲得，「令」字句則只可表致使。上述兩個小結綜合如下：

句式		獲得之意	致使之意	與動詞併合能力
「得」字句	得＋人＋動詞	✓	✓	低
「令」字句	令＋人＋動詞	✗	✓	高

要是我們多加一個「畀」字句，情況便更加複雜、更加有趣，如：

（9）佢畀老師讚。

（10）佢畀老師罰。

例（9）既有致使也有獲得之意，即「他的好成績致使自己獲得老師的讚賞」。可是，例（10）換上動詞「罰」時，句子便沒有這兩個意義，而只可解作被動之意，即「他被老師責罰」。

句式	獲得之意	致使之意	被動之意
得＋人＋動詞	✓	✓	✗
令＋人＋動詞	✗	✓	✗
畀＋人＋動詞	✓	✓	✓

順帶一提，複雜的句式不止於此，我們還有「抵人讚」、「抵人錫」，想一想，兩者跟「得人讚」、「得人錫」有何分別？

抵人讚、抵人錫

錦濤、家寶終於把程翔釋放出來，真是又「抵讚」又「抵錫」！

「抵」的意思是值得，譬如「抵買」就是值得購買。美貌與智慧兼備的你一定知道「抵買」與「抵錫」屬不同結構，請看：

（1）抵錫／抵讚 ➡ 抵人錫／抵人讚

（2）抵買／抵食／抵死 ➡ 抵人買 ✗／抵人食 ✗／抵人死 ✗

上二例可見，「人」能否加插在詞組中間揭示了「抵錫」、「抵買」屬不同的結構。

儘管「抵人錫」與「得人錫」、「抵人讚」與「得人讚」意思差不多，「抵」字句與「得」字句的結構始終不同，如：

（3）抵人錫／抵人讚 ➡ 抵錫／抵讚

（4）得人讚／得人錫 ➡ 得讚 ✗／得錫 ✗

例子顯示「得」字句中間的「人」是不能夠省略的，這點與「抵」字句不同。

我們重看這個〔得／抵＋人＋動詞〕的組合，雖然「錫」與「讚」都可成為「抵」字句、「得」字句的動詞，但不是所有動詞都可進入該兩個句型，例如：

（5）抵人鬧／抵人打

（6）得人鬧 ✗／得人打 ✗

例子顯示「鬧」、「打」可成為「抵」字句的動詞，但不能進入「得」字句。另外，「驚」、「憎」可與「得」配合但不能與「抵」結合，請看：

（7）得人驚／得人憎

（8）抵人驚 ✗／抵人憎 ✗

現在讓我們歸納一下什麼樣的動詞可進入這兩個句型。

「錫」、「讚」、「鬧」、「打」都是動態動詞，當中，「錫」、「讚」屬正面、有褒義，而「鬧」、「打」屬負面、有貶義。全部四個都能進入「抵」字句，但只有褒義的才能與「得」字配合，試比較：

（9）抵人錫／抵人讚／抵人鬧／抵人打

（10）得人錫／得人讚／得人鬧 ✗ ／得人打 ✗

動詞除了動態外，還有靜態，與心理活動有關，如：「驚」、「憎」。此二字能進入「得」字句，但不能進入「抵」字句，試比較：

（11）得人驚／得人憎

（12）抵人驚 ✗／抵人憎 ✗

現在可作一小結：

「抵」字句：接受正面、負面的動態動詞；不能接受靜態動詞。

「得」字句：接受正面的動態動詞而不接受負面的；亦接受靜態動詞。

	「抵」字句	「得」字句
正面的動態動詞	✓	✓
負面的動態動詞	✓	✗
靜態動詞	✗	✓

最後要提的是，「抵人錫」可擴展為「抵畀人錫」，中間插進了「畀」字，但「得人錫」不可延長為「得畀人錫」。為何這樣真是不得而知，還望各位讀者指教指教。

3 補語篇

「開、住、得」複句解構

識着你、搞着我

坐得上、玩得起

愕晒然、笑晒口

唔做得曳曳

驚到我吖、嚇到我吖

終於寫倒啲嘢！

「開、住、得」複句解構

「你睇開份明報就睇埋語文版」這句子是什麼句式？沒錯，這是一個複句，由兩個動詞詞組直接拼合而成，這句式普通話、粵語都有，如：

他穿上了大衣就出去散步。（普通話）

佢着咗件大褸就出去散步。（粵語）

然而，這類複句在粵語裏較在普通話裏發達，如：

你炒開啲菜就蒸埋條魚。

我唱住歌跳舞。

佢燙得啲衫嚟你就炒好碟牛肉。

這些句子都是普通話沒有的。第一句類型與本文首句的相同，前面的動詞「炒」後接助詞「開」字，第二句的前動詞「唱」後接助詞「住」字，第三句的「燙」後接「得」字。「開、住、得」三個句式在粵語裏究竟有什麼意思？有什麼句法特點？

請看：

你炒開啲菜就蒸埋條魚。

「開」字句包含兩個動作：「炒開啲菜」和「蒸埋條魚」。整句意思是「你開始炒這些菜的時候，就連帶把這條魚蒸好」，動作甲開始的時候，動作乙便隨之介入，重點置於兩個動作的起始階段。

「住」字句也涉及兩個動作，請看：

我唱住歌跳舞。

句子強調「唱歌」、「跳舞」在同一時間下持續進行，但動作發生的先後次序則不明顯。

「得」字句側重動作的完成階段，如：

佢燙得啲衫嚟你就炒好碟牛肉。

句子可以這樣理解：當衣服還有一件便燙完的時候，廚房裏的那碟牛肉已經炒好了，當中兩個動作的完成點很接近，但哪個動作先完成卻不太容易分辨。

就這樣，「開、住、得」的複句句式分別表示了動作開始、進行、完成三個階段的時間系統。

語言學家不單滿足於只從語意角度整合結論，還致力挖出支撐語意的句子骨幹。如今三個複句各自擁有兩個動詞，若只留下前動詞而刪掉後動詞，即：

你炒開啲菜。✗

我唱住歌。✗

佢燙得啲衫嚟。✗

結果不但語意不全，前動詞也不能獨立成句，因為它必須依賴後動詞，兩者一同出現，整個句子才合乎語法。這點顯示前動詞短語是整句的「從屬分句」，後動詞短語才是「主要分句」。因此「開、住、得」複句中前後的兩個動作不是簡單的並列結合，而是一個主從的結合，情況就好似信用卡與附屬信用卡的關係一樣。從屬分句與主要分句的劃分，詳見於下表：

句型	從屬分句	主要分句
「開」字複句	你炒開啲菜	就蒸埋條魚
「住」字複句	我唱住歌	跳舞
「得」字複句	佢燙得啲衫嚟	你就炒好碟牛肉

綜上所述，「開、住、得」三個句型構成一個完整的時間系統，讓句子的兩個動作產生微妙的時間關係。「開」字句強調兩個動作的起始時段，「住」字句表示兩者的同時行進時段，而「得」字句則着重兩者完成的時段。

語言學家惟有對這三個零散的助詞作語意及句法的互動研究，才能了解時態概念如何交錯體現於粵語的複句裏，繼而勾勒出語言背後的紋理脈絡。

識着你、搞着我

香港不少學校早已用普通話教授中文科的課程，本文卻指出要等到政府部門都以普通話來開會及會見新聞界，才算是推行普通話教學的成熟時機。

語文教育及研究常務委員會終於動用語文基金，循序漸進推行以普通話教授中文科的試驗計劃，但認為時機未成熟，暫不會建議教育局把計劃推廣至所有中小學。不錯，現在不是時機，因為語常會還未能以普通話來宣布這個普通話教學計劃。我認為應等到全港政府部門、行政立法兩會及公營機構都以普通話來開會及會見新聞界，才算是成熟的時機，屆時便能激發老師運用普通話教授中文的決心了。

對於這個建議，曾特首可能會說：「你呢鋪咁勁，搞着我啫！」，句子的意思是你把我難倒了，「着」字在這兒表示結果，「搞着我」即「搞倒我」，整句就是「你呢鋪咁勁，搞倒我啫！」。又例如：

你咁樣即係玩着我啫。

「玩着我」也有難倒、戲弄之意，「着」字也表示結果，跟「玩倒我」差不多，即「你咁樣即係玩倒我啫」。

從句法上講，「你搞着我」、「你玩着我」均能獨立成句。但是否也有無法獨立成句的可能呢？請看：

識着你，真係唔好彩。

這句也有「着」字，「識着你」意指認識了你，「着」字同樣表示結果。但「識着你」與「識倒你」不同，前者表示壞的結果，後者表示好的結果，試比較：

識着你，今次真係發達。✗

識倒你，今次真係發達。

上兩句的語境跟帶有正面意思「發達」有關，所以跟表示好結果的「識倒你」相襯，而跟表示壞結果的「識着你」不相襯。

另外，從句法上來説，「識着你」不能獨立成句，如：

我識着你。✗

上句的感覺好像語意未完，沒有帶出認識了你之後的結果。

再看：

嫁／娶着你，真係慘囉。

我嫁／娶着你。✗

「嫁／娶着你」與「識着你」一樣不能獨立成句，因為缺少了嫁了你或娶了你之後的感受。

不能獨立成句這結論也適用於下列兩句，試比較：

買着呢啲股票，真係唔好彩。

買着呢啲股票。✗

第二句也是缺少了描述買股票之後所帶出來的感受。

因此，這些不能獨立成句的「着」字句叫做從屬分句，其後必須附上主要分句，才能組成完整句子，譬如：

住着喺你隔離。✗

住着喺你隔離，真係冇陰功。

教着呢啲學生。✗

教着呢啲學生，真係冇嘢講。

做着阿博士嘅學生。✗

做着阿博士嘅學生，就更加冇嘢講。

總括來說，表示結果意義的「着」字句有兩類，一類能獨立成句；另一類則不能，需要配上指涉壞結果的主要分句才行，請參看下表。

<table>
<tr><th colspan="3">「着」字句</th></tr>
<tr><td rowspan="2">獨立成句：
你玩着我
你搞着我</td><td colspan="2">不能獨立成句：
我買着呢啲股票 ✗→買着呢啲股票（從屬分句）真係唔好彩（主要分句）
我嫁／娶着你 ✗→嫁／娶着你（從屬分句）真係慘囉（主要分句）</td></tr>
<tr><td>指涉壞結果</td><td>識着你，真係唔好彩／真係幸福 ✗</td></tr>
</table>

坐得上、玩得起

政府建議政策局增設月薪廿萬元的副局長一職，要求合適人選具政治智慧，學歷不拘。據聞江湖中有盟、劍、連三人，他們自覺是政治優才，準備向政府輸送自己入局，這種愛國建港行為足以力駁「香港缺乏政治人才故不能於2012年有雙普選」這種亂講之説。副局長職位盟劍連「坐得上」、「玩得起」。

「得」字在動詞後表示能力，「坐得上」、「玩得起」意思是有能力坐上職位，有能力玩弄政治。博士生丘寶怡同學問我為何下列的「得」字句不合語法。

（1）佢慢慢行得入去。✗

（2）佢睇完醫生之後跳得翻。✗

此兩句加上了連接詞「就」之後，例（3-4）就合乎語法。

（3）佢慢慢就行得入去。

（4）佢睇完醫生之後就跳得翻。

這個「就」字顯示句子其實是個複句，複句分前句和後句，分別在「就」的前面和後面。句子加上括號之後，前後句的分別就更清楚了，請看：

（5）佢〔慢慢〕就〔行得入去〕。

（6）佢〔睇完醫生之後〕就〔跳得翻〕。

所以，「得」字句的合法條件就是有連接詞的複句，即：〔 〕前句＋連接詞＋〔動詞＋得＋其他〕後句這結論能解釋下列不合語法的句子嗎？

（7）你心平氣和駛得入去。✗

例（7）的前句是「心平氣和」，後句是「駛得入去」，中間缺少了連接詞，所以便不合語法。要是加上連接詞「就」字或「先」字，句子便可接受了，如：

（8）你心平氣和就駛得入去。／你心平氣和先駛得入去。

這證明結論能夠解釋例（7）的錯誤。聰明的讀者或已想到句子如沒有前句，「得」字句還是合語法的，如：

（9）佢行得入去。

（10）佢跳得翻。

（11）你駛得入去。

那麼結論需要修改嗎？

其實，例（9-11）可視為隱含了一個前句沒有說出來，句子無需要連接詞作連繫，而「無需要連接詞」這說法可講為「隱性連接詞」。換言之，例（9-11）屬於隱性前句加上隱性的連接詞。而原先的結論則可視為另一類型，即顯性前句需要顯性的連接詞。

綜合來說，「得」字句的前句屬顯屬隱，要適當地配上顯性或隱性連接詞，如下表所示：

「得」字句		
〔顯性〕前句	顯性連接詞	〔動詞＋得＋其他〕後句
〔隱性〕前句	隱性連接詞	〔動詞＋得＋其他〕後句

愕晒然、笑晒口

英國哈里王子原來已在阿富汗戰地服役了十個星期，為黃黃沙漠添了點點皇氣。王子去打仗，普通市民聽見感覺「愕晒然」；王子接受訪問時則「笑晒口」、「拍晒手」。Daddy 皇儲恐怕「扯晒火」， 而Grandma 英女皇大概會「發晒癲」。

這五個「晒」的詞組究竟分屬多少個類別呢？首先請看「愕晒然」，詞組的意思是「好愕然」、「愕然得好厲害」。因為「愕然」是形容詞，所以能夠受副詞「好」修飾，能夠進入「得」字結構。當「晒」字插入「愕然」後，可把「愕」視為動詞，「然」為詞尾。請參看：

動詞—詞尾	接受「好」的修飾	進入「得」字結構
愕晒然、le^{2}晒he^{3}	✓	✓

那麼，「發晒癲」與「愕晒然」是否同一結構呢？例如：

（1） 好〔發癲〕✗

（2）〔發癲〕發得好厲害 ✓

「發癲」不接受「好」的修飾，但能進入「得」字句式，而且「發」是動詞，「癲」是形容詞，整個詞組有異於「愕晒然」，分析如下：

動詞—形容詞	接受「好」的修飾	進入「得」字結構
發晒癲、發晒爛渣、發晒狼戾、遲晒到	✗	✓

那麼，餘下的「扯晒火」、「拍晒手」、「笑晒口」是否同屬一類的〔動詞—賓語〕詞組呢？請看：

（3） 好〔扯火〕✓ / 好〔拍手〕✗ / 好〔笑口〕✗

（4）〔扯火〕扯得好厲害 ✓ /〔拍手〕拍得好厲害 ✓ /

〔笑口〕笑得好厲害 ✗

例（3）顯示「扯火」接受「好」字的修飾，而「拍手」、「笑口」則不能。但在例（4）中，「扯火」、「拍手」都通過「得」字結構的測試，但「笑口」則失敗。因此，這三個〔動詞—賓語〕詞組應分作A、B、C 三個小類，如下表所示：

A：動詞—賓語	接受「好」的修飾	進入「得」字結構
扯晒火、抓晒頭、踢晒腳、tan^4 晒雞、癡晒線、喘晒氣、離晒譜、攞晒命	✓	✓
B：動詞—賓語	**接受「好」的修飾**	**進入「得」字結構**
拍晒手、咪晒眼、眨晒眼、反晒白眼、反晒面、烏晒身、拗晒腰、拍晒心口、轉晒軚、拍晒枱、loe^3 晒地	✗	✓
C：動詞—賓語	**接受「好」的修飾**	**進入「得」字結構**
笑晒口、硬晒軚、起晒gong^6	✗	✗

由此可見，文首提及的五個詞組雖然都能讓「晒」插進去，但箇中結構還是有分別的。軍隊雖然讓王子入伍，但他和其他軍人的身分還是有分別的。

唔做得曳曳

學語言政策政府一直採取「唔做得」這種命令式一刀切的態度，前教育局長孫公的微調方案，擬讓學校自決教學語言——哪一班適合用英語教，哪一班適合用母語教，由學校「話事」。

家長對子女、老師對學生也常用命令式句子，例如：「你同我收聲」。如果學生繼續頑皮，老師便會多加一句：

（1）嗱，唔做得曳曳㗎。

課室內的禁事豈只「曳曳」，還有：

（2）唔做得傾偈。

（3）唔做得嘈住國強吟詩。

很明顯，這些命令式只有否定的說法，沒有肯定的說法，下例都是不合語法的：

（4）做得乖乖哋。✗

（5）做得合理嘴仔。✗

（6）做得等國強好好吟詩。✗

「唔做得」的意思是不容許、不允許，例（1-3）可以用「唔可以」或「唔准」來替代，如：

（7）**唔可以／唔准曳曳**。

（8）**唔可以／唔准傾偈**。

（9）**唔可以／唔准嘈住國強吟詩**。

雖然「唔做得」、「唔可以」、「唔准」三者等義，但「可以」和「准」各自是一個詞，而「做得」是「做」加「得」，是兩個詞，因此，「做得」在結構上有點特殊。

究竟，「唔做得」如何演變出來呢？首先，當我們查詢課室內的禁事時，我們會這樣問：

（10）**有啲咩我哋唔做得㗎**？

回答時，可以這樣說：

（11）〔**傾偈**〕**我哋唔做得**。

（12）〔**嘈住國強吟詩**〕**我哋唔做得**。

括號裏的動作以動詞詞組表達，句末的「做得」也是動詞詞組。當這個句式用得多時，前頭的動詞詞組有機會給形容詞詞組「曳曳」佔領，如：

（13）〔曳曳〕**我哋唔做得**。

此時，「做得」不再指涉具體的動作，而是泛指不可以、不准的意思。

中文的語序有個特色，就是賓語前置。上例括號內的動作是前置了的賓語，它歸回本位後便得出：

（14）**我哋唔做得傾偈**。

（15）**我哋唔做得嘈住國強吟詩**。

（16）**我哋唔做得曳曳**。

這些例子都是從「我哋」，即學生的角度來出發。要是從老師對學生的角度來講，「我哋」便變成「你哋」，而「你哋」再省略後便得出命令句式，如：

（17）**你哋唔做得傾偈**。➡**唔做得傾偈**。

（18）**你哋唔做得嘈住國強吟詩**。➡**唔做得嘈住國強吟詩**。

（19）**你哋唔做得曳曳**。➡**唔做得曳曳**。

上述分析總結如下：

	唔做得＋形容詞 / 動詞
否定？肯定？	唔做得 ✓；做得 ✗
意義	唔做得＝唔可以＝唔准

上文只從結構上把「唔做得」推導出來，你如果知道其他探究方法，就「唔做得收埋唔講我知㗎」！

驚到我吖、嚇到我吖

三十年前讀中六時，擁有中大海洋生物學碩士學歷、教我生物的何老師突然辭職，轉往海洋公園擔任海洋部主管。三十年後的今天，公園發展的成績斐然，還向政府申請興建三間酒店。

坐過海洋公園的過山車，你會說：「驚到我吖。」句子有個「到」字，是補語標記，把補語引介出來，可是後方除了「我」字外，就沒有什麼補語，這點很奇怪！其實句子省略了部分的補語，如果將之補出，就會得出：

（1）驚到我吖。➡驚到我死咁滯。

（2）嚇到我吖。➡嚇到我死咁滯。

（3）瞓到我吖。➡瞓到我死咁滯。

此三例中，「死咁滯」就是補語。原來這種「到」字句可以把補語省掉，只剩下賓語「我」。

要是再細看一下，去卻了補語卻來了句末助詞「吖」。此「吖」不加上去，語氣就會不完整，如：

（4）驚到我吖。➡ 驚到我。✗

（5）嚇到我吖。➡ 嚇到我。✗

（6）瞓到我吖。➡ 瞓到我。✗

換言之，補語「死咁滯」不純是語音上的刪掉，而是用個「吖」字來作替代。這互相替代的關係可從下例反映出來，請看：

（7）驚到我死咁滯吖。✗

（8）嚇到我死咁滯吖。✗

（9）瞓到我死咁滯吖。✗

原來，當補語及句末助詞共現時，句子便不合語法，粵講粵法證明了「死咁滯」與「吖」的互補關係，即「有你無我，有我無你」的意思。

「驚到我吖」、「嚇到我吖」、「瞓到我吖」雖然可補出同樣的補語，具備同樣的省略條件，但隱藏着不一樣的結構，例如：

（10）驚到我吖。➡ 我好鬼驚。

（11）嚇到我吖。➡ 我好鬼嚇。✗

（12）瞓到我吖。➡ 我好鬼瞓。✗

這三例都是把賓語「我」調到前頭作主語，並加上副詞「好鬼」，結果顯示只有例（10）合乎語法，而其餘則相反。因為「驚」是形容詞，可被「好鬼」修飾，但「嚇」、「瞓」是動詞，不能受此副詞修飾。

當中，這兩個動詞又不盡相同。請看：

（13）嚇到我吖。➡ 我畀人嚇。

（14）瞓到我吖。➡ 我畀人瞓。✗

「嚇」是及物動詞，所以原句轉換成被動句後，句子仍合語法。但「瞓」是不及物動詞，所以不能進入被動句式。

總之，「驚到我吖」、「嚇到我吖」、「瞓到我吖」屬三個不同的句式，如下表所示：

〔 〕＋到＋我＋吖		
補語和句末助詞	〔 〕到我吖 ✓	〔 〕到我 ✗
	〔 〕到我死咁滯 ✓	〔 〕到我死咁滯吖 ✗

〔驚／嚇／瞓〕＋到＋我＋吖	
驚	形容詞
嚇	及物動詞
瞓	不及物動詞

終於寫倒啲嘢！

2008年全國政協會議，汪阿姐在會上提出，既然國家主席可以讓台獨死硬派分子訪華，為何區區二十多個文弱書生型的所謂泛民主派議員不能獲發回鄉證，親臨祖國了解祖國？明荃終於「講倒啲嘢」，中央終於「聽倒啲嘢」！

「睇dou²」、「聽dou²」中，dou²是個補語，表達看見、聽見這結果。為方便起見，以「倒」字記音。除了「睇倒」、「聽倒」這些用法外，「倒」字還有其他嗎？請看：

（1）**整倒我＝整親我**

（2）**踢倒我＝踢親我**

（3）**駁倒我 ≠ 駁親我**

例（1-3）顯示「倒」字的組合還有「整倒」、「踢倒」、「駁倒」，可是三組的意義又不盡相同。「整倒」與「整親」、「踢倒」與「踢親」差不多，帶出受傷這結果。可是例（3）的「駁倒我」就不等同於「駁親我」，前者的意思是有能力反駁我，而後者則沒有這個意思，如：

（4）**我係最佳辯論員，所以駁倒你。**

「倒」這個能力之意也可從下例反映出來，如：

（5）我智商 200，梗係諗倒個答案啦。

（6）我智商 200，梗係諗咗個答案啦。✗

例（5）顯示智商有200這項特質令我有能力想出答案，所以句子正確；而例（6）用「咗」字句，表示想起答案這動作完成，與智商200 的能力無關，因此句子不合語法。

從「倒」字表能力出發，試比較下例：

（7）阿Ben 寫倒啲嘢。

（8）阿Ben 寫完啲嘢。

例（7-8）看似差不多，都表示寫完一些東西，但「倒」字不是表示能力嗎？再看：

（9）阿Ben 寫倒啲嘢㗎，畀佢寫下專欄啦。

（10）阿Ben 寫完啲嘢㗎，畀佢寫下專欄啦。✗

正因例（9）的「寫倒啲嘢」表示有能力，所以能夠估量在後半句中阿Ben寫專欄的能力。不過，例（10）就不合語法，因為「寫完啲嘢」只表示某事完成了，卻沒有預設某人有沒有能力完成寫專欄這任務。

「倒」字表能力這個用法可再從下例引證過來，如：

（11）阿Ben通常寫倒啲講語法嘅文章，又講倒啲好好笑嘅爛gag。

（12）阿Ben 通常寫完啲講語法嘅文章，又講完啲好好笑嘅爛gag。✗

兩個句子加了「通常」，例（11）合語法，因為「寫倒」表示有能力，是一項特質，而這特質泛指一般情況，所以可與「通常」結合。但例（12）的「寫完」表示動作之完成，即表示過去，所以與「通常」產生衝突，令句子不合語法。

綜上所析，〔動詞 「倒」〕既表結果，也表能力。下表總結「倒」字句的分析：

動詞＋「倒」	
「倒」	屬補語
表結果	踢倒啲嘢
表能力	寫倒啲嘢

4 語序篇

詞序變、義不變

肥姐唔少嘢、殿霞唔嘢少

推倒重來

推倒再重來

詞序變、義不變

肥姐離開塵世，遺下滔滔笑聲及愛女欣宜，如果欣宜的英語敬輓詞也能成為英語教材，那便「好極了」！

字詞離開原位但詞組意義不變，以前我們討論過，本文想繼續探討下去。請看：

（1）真係極好／真係好極

例（1）兩個詞組「極好」、「好極」的意義一樣，都表示十分好。「極好」的「極」是狀語，修飾形容詞「好」，而「好極」的「極」是補語，表示「好」的程度。因此，這兩個詞組的詞序變換涉及狀語和補語。再看：

（2）真係絕靚／真係靚絕

「絕靚」、「靚絕」同表十分漂亮之意，但詞序不同，「絕」字跟上例「極」字一樣，既可在形容詞「靚」之前作狀語，描述如何漂亮，也可跟着「靚」作補語，帶出漂亮的程度。

字詞在狀語、補語裏的位置還見於下例，如：

（3）原來早嚟咗添。／原來嚟早咗添。

「早嚟咗」、「嚟早咗」意思一樣，但詞序不同。「早」字在「早嚟咗」中是個狀語，修飾動詞「嚟」的時間狀態，而在「嚟早咗」中，「早」是個補語，補充到達的時候比預期早。

上述討論可總結如下：

狀語	動／形	補語		狀語	動／形	補語
極	好		=		好	極
絕	靚				靚	絕
早	嚟	咗			嚟	早咗

當我們鼓勵學生要對得起社會時，會說：

（4）**唔好對社會唔住**。

（5）**唔好對唔住社會**。

這兩例的詞組「對社會唔住」、「對唔住社會」展示補語「唔住」的不同位置；但跟上文不同，不涉及狀語。例（4）中，「唔住」與動詞「對」隔開；而例（5）的「對」與「唔住」則互相緊扣。

當記者報道拳王打不過別人時，會說：

（6）拳王打佢唔過。

（7）拳王打唔過佢。

例（6）裏，動詞「打」與補語「唔過」隔開；例（7）裏，「打」與「唔過」是黏着的。類似的例子還有「幫你唔倒」、「幫唔倒你」。

「唔住」、「唔過」、「唔倒」叫結果補語。而下列的補語屬於方向補語，同樣展現靈活的詞序，如：

（8）個波射咗入個籃度。

（9）個波射入咗個籃度。

「射」是動詞，「入」是方向補語，例（8）中「咗」分隔了「射」與「入」，但在例（9）中「射」與「入」相連成「射入」。請參看下表：

	隔開式			相連式	
結果補語	對	社會	唔住	對唔住	社會
	打	佢	唔過	打唔過	佢
	幫	你	唔過	幫唔倒	你
方向補語	射	咗	入	射入	咗

簡而言之，詞序變、義不變。

肥姐唔少嘢、殿霞唔嘢少

肥姐沈殿霞於2008年2月與世長辭，開心果的笑聲繞樑四十年，貫穿香港與溫哥華，真是「唔嘢少」。溫哥華市長不單派員於喪禮上致悼詞，還定了6月1日為「肥肥日」來作紀念，肥肥委實「唔少嘢」。

從「唔少嘢」、「唔嘢少」令我想起許冠傑下列兩首歌的歌詞：

（1）確係認真唔少嘢。（《天才與白痴》）

（2）確唔係嘢少。（《愛得好緊要》）

這兩例可以看出「少嘢」、「嘢少」的詞序可以對調，多數用於否定詞的語境裏，如：「唔少嘢」、「唔嘢少」，意思是不簡單。這兩個詞組可以被副詞「好」修飾，如：

（3）呢個資優學生好唔少嘢。

（4）呢個資優學生好唔嘢少。

所以「唔少嘢」、「唔嘢少」都是形容詞詞組，換言之，這類詞組容許字詞對調而意義不變。

我又從這個「嘢」字想起我討論過《嘢食、嘢飲、嘢玩》（《明報》4-12-2007），在這三個詞語中，只有「嘢玩」可以前後字對調的，例如：

（5）執翻好啲嘢玩。

（6）執翻好啲玩嘢。

例（6）的「玩嘢」從例（5）的「嘢玩」對調過來，就是說，名詞詞組也可接受相反的詞序。

突然，我又好「心急」想起多一個形容詞詞組：

（7）好尿急／好急尿

（8）好屎急／好急屎

（9）好laap⁸ laap⁸ ling³／好ling³ laap⁸ laap⁸

除了上述二字、三字詞組外，還有下列四字的組合容許某程度的字眼調換，如：

（10）原來你揸車嚟，唔怪得之咁快啦。

（11）原來你揸車嚟，唔怪之得咁快啦。

例（10-11）裏，如果「唔怪」保持不動，後面的「得」與「之」可以互換，兩者的意思就是難怪。「唔怪得之」、「唔怪之得」因為是修飾「咁快」這個謂語，所以屬副詞詞組，換言之，副詞詞組也有字眼互換而不影響意思這現象。

有次聽見體育新聞這樣報道：

（12）皇馬三兩下就搞掂咗巴塞。

這「三兩下」不是又可調換成「兩三下」嗎？即：

（13）皇馬兩三下就搞掂咗巴塞。

「兩」、「三」是數詞，「下」是量詞，因此字詞調換的現象還涉及數量詞組。

總括而言，名詞詞組、形容詞詞組、副詞詞組、量詞詞組都出現詞序兩可但意思一致的現象，如下表表示：

詞組	詞序兩可	
名詞詞組	玩嘢	嘢玩
形容詞詞組	唔少嘢	唔嘢少
副詞詞組	唔怪得之	唔怪之得
數量詞組	三兩下	兩三下

推倒重來

台灣立法委員選舉，國民黨重拾三分之二個立法院，也重臨總統府，九哥終於推倒小扁了。

句子也可推倒後重新裝嵌，例如例1（a）推倒後可砌成例1（b）：

1（a）我執咗間房成粒鐘。

（b）間房執咗我成粒鐘。

這兩句雖然詞序變了，可是句義一致，即我把房間收拾好了。例1（a）展現正常的詞序，「我」是主語，「間房」是賓語，兩者的關係就是我收拾房間。例1（b）看似不正常，因為主語是「間房」，賓語是「我」，按理兩者的關係應是房間收拾我，但例1（b）依然能被理解為我收拾房間。

這點頗不可思議，因為主賓語對調通常會引起意義的差別，像「你愛我」、「我愛你」，「你」、「我」位置對調，誰愛誰就不同了。那麼，例1（b）是特殊情況嗎？請看：

2（a）我抹咗塊地成個鐘。

（b）塊地抹咗我成個鐘。

3（a）我睇咗本書三個鐘。

（b）本書睇咗我三個鐘。

4（a）佢爬咗座山成個半鐘。

（b）座山爬咗佢成個半鐘。

5（a）我做咗個project 兩日。

（b）個project 做咗我兩日。

在例（2-5）中，（a）句子主賓語與（b）句子的主賓語恰好相反，譬如：例2（a）是「我抹咗塊地」，而例2（b）雖然是「塊地抹咗我」，主賓語調換了，但句子的意思依然為句2（a）的「我抹了地板」，如此類推。面對這個奇怪現象，聰明的你或會想出下例作反駁，請看：

6（a）我養咗隻狗三年。

（b）隻狗養咗我三年。✗

7（a）我戴咗副眼鏡好多年。

（b）副眼鏡戴咗我好多年。✗

8（a）我睇咗無線四十年。

（b）無線睇咗我四十年。✗

以例6（a）為例，我與狗的位置對調後，「隻狗」變成例6（b）的主語，「我」變成賓語，那麼這句話就真的表示狗兒把我養了三年。明顯地，我們是不會這樣說的。因此，例6（a-b）與例（2-5）不同，主賓語互換隨即產生相反的意義。再多說一例， 例8（b）是「無線收看我」，此關係不能解作如例8（a）的「我收看無線」，所以例8（b）的詞序按常理又是不可接受的。

簡單來說，在例（6-8）中，（b）句的主賓語位置因為與（a）句的不同，所以理解也不同，而在例（1-5）中，（b）句的主賓語位置相反，卻可理解為（a）句的意思。請參看下表

	a、b 句的主賓語詞序	a、b 句的意義
例（1-5）	相反	相同
例（6-8）	相反	相反

這兩組句子為何會出現不對稱的詞序與意義的關係呢？

推倒再重來

西九規劃，推倒重來，結果怎樣要等西九管理局成立後才知曉。不過，句子的詞序先後問題，現在就可以解答。

上文留下的問題是：為何例1（a-b）詞序不一但理解一致，例2（a-b）詞序相反意義相反，所以我們不會説例2（b）。

1（a）**我着咗對蛙鞋半個鐘。**

（b）**對蛙鞋着咗我半個鐘。**

2（a）**我着咗對波鞋十年。**

（b）**對波鞋着咗我十年。**✗

例（1-2）的動詞詞組雖然都是「着咗」，但例1（a）的「着咗」是穿着的意思，從開始到穿好需要花上半小時，説明白一點就是：

（3）**我花了半小時才穿好這對蛙鞋。**

例（3）的句式暫且叫做「動作花多久完成」型。

可是例2（a）的「着咗」是一直都穿的意思，從開始到現在一共十年，所以不是花了一段時間才穿好的意思，因此便不能寫作例（4）的「動作花多久完成」型。

（4）我花了十年才穿好球鞋。✗

因為例1（a）可換成「動作花多久完成」型，所以其主賓語可調換而成例1（b）；

例2（a）不能換成該句型，所以便不能説成例2（b）。我們繼續利用這測試來判辨更多例子。請看：

（5）我睇咗本書三個鐘。

（6）我睇咗無線四十年。

把這兩句換成「動作花多久完成」型後得出：

（7）我花了三小時才看完這本書。

（8）我花了四十年才收看完無線。✗

例（7）就是例（5）的意思，而例（8）不是例（6）的意思。因此，例（5）通過測試，能夠把主賓語調換而產生例（9），而例（6）測試失敗，不能説成例（10），如：

（9） 本書睇咗我三個鐘。

（10）無線睇咗我四十年。✗

換另一個角度看，不能顛倒主賓語的例2（a）及例（6）其實描述某個習慣維持多久，因此，可轉換成：

（11）我着咗對波鞋十年。

➡ 我穿着這對球鞋這習慣已有十年。

（12）我睇咗無線四十年。

➡我收看無線這習慣已有四十年。

暫且把例（11-12）轉換後的句子稱作「習慣維持多久」型。

現在，對於主賓語推倒重來後而句子意思依舊不變，我們明白多一點了。原因關乎句子屬於「動作花多久完成」型還是「習慣維持多久」型。要是前者，主賓語可對調，屬後者則不能。上述分析可總結如下：

	可轉換成	a、b 句的意義
甲-動詞 乙-時間	「動作花多久完成」型	乙-動詞-甲-時間
	「習慣維持多久」型	乙-動詞-甲-時間 ✗

5

詞綴篇

新年流流、晨早流流

輕 keng^{4}、靈 keng^{4}、靚 keng^{1}

阿豪、豪仔、阿豪仔

新年流流、晨早流流

「晨早lau⁴ lau⁴」執筆，想起在《明報》曾寫過文章《新年流流》（《明報大熱．teen時》20-8-2007）。這個課題我認為可以在這裏補充一二，暫且用「流流」代表lau⁴lau⁴這兩個音節吧。請看：

（1）新年流流，唔好講衰嘢，應該講啲吉祥嘅說話。

（2）新年流流，冇咩好做，不如買份《明報》睇吓。

例（1-2）中，「新年流流」似乎提醒別人不要幹某事，宜幹某事。這推測正確嗎？可用純粹描述事情的語境來試試看，如：

（3）新年流流，天氣大致晴朗，間中有雲。✗

（4）新年流流，啲橙賣六蚊一個。✗

例（3-4）的語境與「新年流流」格格不入，因為句子都是描述句，沒有提醒或建議的味道，改正辦法是利用「新年期間」，即：

（5）新年期間，天氣大致晴朗，間中有雲，同埋啲橙賣六蚊一個。

除了「新年流流」，還有其他「流流」嗎？

（6）年尾流流，重唔去剪頭髮？

（7）大節流流／大節大流，啲旅行團梗係加價啦。

（8）晨早流流，唔好黑口黑面好喎。

例（6）的「年尾」意含新年快到，例（7）的「大節」也指新年，還有二「流」可縮略為一「流」，如：「大節大流」，再加上「新年流流」，三個「流流」用例都指涉新年期間或年頭年尾。例（8）的「晨早流流」不涉及節日，而是一天的早上。

「流流」的用法真的只限於新年或早上嗎？請看：

（9）聖誕流流，唔好亂食藥啊！✗

（10）復活流流，學校點會開門吖！✗

（11）下晝流流 ✗／夜晚流流，唔好開快車呀。✗

例（9-10）顯示「流流」不能連上聖誕、復活等長假期，也不適用於短假期，因為我們不說「中秋流流」、「清明流流」。至於一天裏的時段，例（11）反映了「流流」不能跟下午和晚上結合。有趣的是，我們有另一個疊音詞maa^{1}maa^{1}與「夜」結合，如：

（12）夜maa^{1}maa^{1}，唔好開快車呀。

綜上所析，一年的始末都給「lau⁴ lau⁴」跟着：「新年lau⁴ lau⁴」、「年尾lau⁴ lau⁴」。一天的起落則有所分工：早上有「晨早lau⁴ lau⁴」，晚上有「夜maa¹maa¹」。這對疊音詞lau⁴ lau⁴與maa¹maa¹可否視為詞綴，用來點綴某些語法功能呢？

輕keng⁴、靈keng⁴、靚keng¹

寫正字讀正音之後就要講正句。正句是字詞運用得當而組合出來的句子，當中的使用法則、結構規律到底是什麼？例如：中學會考中文科改制，取消了範文，學生不用死記硬背，考試就自然好「輕keng^4」。這個「keng^4」只出現在「輕keng^4」裏，還是可以應用到別處去呢？

「輕keng^4」意指事情容易辦妥，譬如：

（1）**影印文件好輕keng^{4}啫。**

「輕」字解輕省，跟整個詞的用法大抵相近，可是keng^{4}是什麼意思呢？「輕keng^4」讀音是heng^1 keng^4，兩個音節的韻母都是[eng]，所以是個疊韻詞，兩字有押韻的效果。那麼，keng^{4}的作用是否跟語音有關呢？我們需要擴大搜索keng^{4}的出現範圍。

「靈keng^4」的keng^4 與「輕keng^4」的keng^4 都一樣嗎？至少，聲母、韻母、聲調都一樣。整個詞解作預測靈驗。譬如：

（2）**呢個睇相師傅好靈keng^4。**

「靈」字為詞義的主幹，keng⁴ 似乎在這兒並無實質意義，情況與「輕keng⁴」的keng⁴ 相似。「靈keng⁴」的音標是leng⁴ keng⁴，兩者韻母都是[eng]，所以也是個疊韻詞。

綜合來看，「輕keng⁴」、「靈keng⁴」主要由「靈」字、「輕」字提供意義，而keng⁴ 則發揮疊韻的作用。因此，keng⁴這個音節雖然還沒配上適當的文字，但是在日常語言中起着構詞的功能，後附於「輕」與「靈」而組成疊韻詞。

其實，粵語還有「靚keng¹」、「花靚keng¹」的叫法，例如：

（3）佢呢個靚 keng¹／花靚 keng¹。

兩個詞組都解作小子，「靚」要讀第一聲，keng¹ 這兒沒有文字，只有語音，跟「輕keng⁴」、「靈keng⁴」的keng⁴ 雖然聲調不同，但都屬平聲，兩者的語音緊緊相連。

但keng¹ 有意義嗎？請看：

（4）靚keng¹ = 靚仔

（5）靚keng¹ 仔 ✗、靚仔keng¹ ✗

利用例（4-5）的字詞分佈，我們發現「靚keng¹」與「靚仔」的意思差不多，而keng¹ 與「仔」不能共現於「靚」之後。所以我們不能說「靚keng¹ 仔 ✗」或者「靚仔keng¹ ✗」，keng¹ 與「仔」同屬一個語法單位，跟着「靚」的後面。

既然keng[1]可作「仔」解，又keng[1]與「輕keng[4]」、「靈keng[4]」的keng[4]讀法極之相近，那麼，我們可否推論keng[4]與「仔」字所表示的意義有關，而釐清這個關係又需要什麼證據呢？上述分析可總結如下：

	Keng	
聲調	一	四
例子	靚keng[1]	輕keng[4]
意義	與「仔」相近	暫時不清楚

阿豪、豪仔、阿豪仔

阿鬍鬚曾首份財政預算案將盈餘的金牛摺成糖果派給你同我，令到民望高企，小鬍子變成市民的粉絲！連帶「鬍鬚曾」前面還要多加「阿」字來表示這份親切。

要跟對方熟絡，我們以「阿」字配上姓氏或名字來打招呼，譬如：「阿陳」、「阿明」。所以，遇見新同事陳大文、新同學黃小明，我們不會這樣說：

（1）阿陳，我初嚟報到，請多多指教喎。

（2）阿明，你好，我係由育強小學升上嚟。

在粵語裏，這個「阿」字是個前綴，沒有實際的字義，只表示與對方的熟絡關係。「阿」字在普通話用得較少，多數以「小」字來替代，如：「小明」、「小陳」。這個「小」也屬前綴，沒有實義，沒有大小的意思，只表示跟對方稔熟，這點與粵語「阿」字相似。

雖然粵普兩語所用的稱呼屬不同字眼，但都屬前綴，不表示實義。此外，兩個前綴都不能與複姓結合，請看：

（3）阿歐陽，食咗飯未呀？（粵）✗

（4）小歐陽，吃了飯沒有？（普）✗

粵語這個「阿」還可前附於整個名字，如：

（5）我鍾意聽阿容祖兒唱歌。（粵）

（6）我喜歡聽小容祖兒唱歌。（普）✗

例（5）顯示「阿+全名」這結構是合語法的，但普通話則沒有「小+全名」這組合了。我懷疑這個用法與下句中的「阿」字有關，即：

（7）阿邊個唱歌唱得好好聽㗎噃。

另一方面，粵語還有個後綴「仔」來作稱呼之用，例如：

（8）明仔，做晒功課未呀？（粵）

（9）陳仔，打好封信未呀？（粵）

這個「仔」字不表示大小之意，而跟「阿」字一樣用於稔熟的關係上。從意義上來説，「明仔」等於「阿明」，「陳仔」等於「阿陳」。可是，普通話則沒有利用後綴來作稱呼，如：

（10）明仔✗／陳仔做好功課沒有？✗（普）

仍以「小明」、「小陳」對應着「明仔」、「陳仔」。

在稱謂上，粵語有了前綴「阿」和後綴「仔」，結合花款就自然多起來。請看：

（11）你叫阿豪仔快啲交稿啦。

例（11）裏，前綴和後綴猶如一雙筷子把名字夾住了！這點對現代的普通話來説是不可思議的，至於《鹿鼎記》的「小桂子」、「小玄子」是古代文言的用法，我估計粵語很可能承繼了這特點。上文分析總結如下：

詞綴	粵語
前綴＋單姓	阿陳
前綴＋單名	阿明
前綴＋複姓	阿歐陽 ✗
前綴＋全名	阿容祖兒
單姓＋後綴	陳仔
單名＋後綴	明仔
前綴＋單名＋後綴	阿豪仔

6
量詞篇

玩鋪勁、笑餐飽

飲啖茶、食個包

我條魚好大條

重磅、足兩

玩鋪勁、笑餐飽

月前，竟成兄竟然把發放藝人裸照於互聯網上的仁兄拘留了八個星期，可算是「玩鋪勁」。但之後法庭竟然將他無罪釋放，兩個「竟然」得出一事無成，真是「笑餐飽」。其實，特首「真印虔」早前連任時也説過要「玩鋪勁」，意思就是尋求普選的終極方案。

「玩鋪勁」這個〔動詞+量詞+形容詞〕的結構普通話也有，就是「玩個夠」，也就是粵語的另外一個叫法「玩餐飽」，三個詞組的分析如下：

粵／普	動詞	量詞	形容詞
粵	玩 玩	鋪 餐	勁 飽
普	玩	個	夠

對比之下，粵語可用量詞「餐」、「鋪」，而普通話就只用「個」。就粵語而言，兩個量詞中「餐」字又用得較多，例如：

動詞	量詞	飽	動詞	量詞	形容詞
玩	餐	飽	做	餐	懵
飲	餐	飽	排	餐	懵
瞓	餐	飽	等	餐	懵
講	餐	飽	喊	餐	死
食	餐	飽	笑	餐	死

上表有四點值得注意。第一，動詞和形容詞雖然有不同的字例，但量詞始終是「餐」，其他量詞如「個」是不合語法的，如：「做個懵 ✗」。

第二，動詞和形容詞都是單音節，而雙音節則不合語法，例如：「討論餐飽 ✗」、「玩餐開心 ✗」。

第三，動詞與量詞的關係較疏，因為當中可插入補語「翻」，如：「玩翻餐飽／笑翻餐死」。

第四，動詞與形容詞不是一對一的關係，上面十個動詞只能配得上三個形容詞「飽、懵、死」，換言之，較少量的形容詞可以涵蓋較多的動詞。既然形容詞的數量有這樣的限制，因此，形容詞「醉、癲、謝」就不能與「餐」結合，例如：

（1）飲餐飽／喊餐死／等餐懵

（2）飲餐醉 ✗／喊餐癲 ✗／等餐謝 ✗

就「醉、癲、謝」而言，如果配上「到」字後，詞組便合語法，即：

（3）飲到醉／喊到癲／等到謝

有些詞組則「到」、「餐」均可，例如：

（4）飲到飽／喊到死／等到懵

（5）飲餐飽／喊餐死／等餐懵

「到飽」、「到死」等是動詞的補語，告訴我們有關動詞達到很飽、就快要死的結果，因此，「飲餐飽」、「喊餐死」中的「餐＋形容詞」也可視為動詞的補語。

「餐」與「到」的構詞情況總結如下：

	謂語	補語
構詞方式	動詞	量詞＋形容詞
	動詞	「到」＋ 形容詞
例子	喊	餐＋死
	喊	到＋死

最後，「食餐飽」和「食到飽」究竟如何選用呢？

飲啖茶、食個包

有道德團體一方面建議市民勿看藝人肉照，另一方面又呼籲，藉事件教導青少年正確的性觀念。事件源於肉照，沒有肉照就沒有事件；不看照片卻又要借助照片教導子女，當中有沒有矛盾呢？真是「諗餐懵」！

上一回談到「做餐懵」、「做到懵」，例如：

（1）琴日個展覽，真係做餐懵。

（2）琴日個展覽，真係做到懵。

例（1-2）語法正確，都是描述動詞「做」所達至「懵」這個程度，即極累的程度。

可是，「餐」字句與「到」字句也有很多不同之處，請看：

（3）經理要佢做翻餐懵。

（4）經理要佢做翻到懵。✗

例（3）中，「做」與「餐」之間可加插「翻」這個補語，意思是經理指令他要做回沒有完成的工作。但例（4）中，「做」與「到」之間就不能添加「翻」，因此，「做」與「餐」較疏離；「做」與「到」較緊密。

至於「到」與「懵」、「餐」與「懵」的離合關係又如何呢？再看：

（5）主任真係做到好懵。

（6）主任真係做餐好懵。✗

「懵」是形容詞，按理可給副詞「好」修飾。「好」能夠在例（5）中加在「懵」之前增加該詞的程度，但卻不能修飾例（6）的「懵」。由此可見，「餐」與「懵」較緊密，不能加插其他成分；「到」與「懵」較疏離，中間可加插副詞。

究竟「做餐懵」、「做到懵」意義上有什麼分別呢？我一時間想不出來，還望各位提點提點。

下表便把左邊的方式表示為右邊的親疏，空格則代表關係疏離。

做	餐	懵	➡	做		餐	懵
做	到	懵		做	到		懵

其實，「做餐懵」、「食餐飽」這些三字量詞詞組，周星馳的成名金句都採用過，就是電視劇集《蓋世豪俠》的一句「坐低，飲啖茶，食個包」。驟眼看來，「飲啖茶」、「食個包」跟「玩餐飽」、「做餐懵」句法上差不多，全部都有量詞「啖」、「個」、「餐」。

可是，兩個詞組還是有些不同的，在「飲啖茶」、「食個包」中，跟着量詞的是名詞「茶」、「包」，所以與此搭配的是名量詞「啖」、「個」。而在「玩餐飽」、「做餐懵」中，「飽」、「懵」屬形容詞，因此，要跟動量詞「餐」結合。有關分析可總結如下：

動詞	**名量詞**	**名詞**
飲	啖	茶
食	個	包
動詞	**動量詞**	**形容詞**
做	餐	懵
玩	餐	飽

我條魚好大條

今天下午去銅鑼灣堅拿道西的市場買菜，認識了一種魚叫畫眉，魚身淺黃色，有三條深色橫紋平衡地從頭部畫向魚尾，魚販嬸嬸說：「哥仔，揀條大條過你啦！」我一面點頭，一面想着為何「大」後面要配上「條」。

「大條」描述魚的體積大，體積小則用「細條」，兩者均是形容詞詞組，後面可以跟着「咗」、「過」等詞尾，如：

（1）呢條魚大條咗好多。

（2）呢條細條過嗰條。

「大／細」是形容詞，「條」是量詞，所以整個組合可簡稱為「形—量」詞組，配上其他量詞後得出：

（3）呢隻豬好大隻。呢張棉被好大張。呢塊樹葉好大塊。

驟眼看來，形容詞「大」後面的量詞是多餘的，因為省略它之後，句子仍合語法，如：

（4）呢隻豬好大 __。呢張棉被好大 __。呢塊樹葉好大 __。

可是，我們換上另一類量詞之後，情況就大大不同了。請看：

（5）呢箱書好大箱。呢杯茶好大杯。

呢包米好大包。呢堆糖好大堆。

「大箱」、「大杯」、「大包」、「大堆」雖然都是「形—量」詞組，但是卻不能刪去量詞而剩下形容詞「大」，如：

（6）呢箱書好大 __。✗ 呢杯茶好大 __。✗

呢包米好大 __。✗ 呢堆糖好大 __。✗

如果一定要用單字的形容詞，「大」便要替換成「多」，如：

（7）呢箱書好多 __。呢杯茶好多 __。

呢包米好多 __。呢堆糖好多 __。

由此可見，「大箱」、「大杯」、「大包」、「大堆」的意思是「多」，而不是「大」；相反，「大條」、「大隻」、「大張」、「大塊」則不能用「多」來形容，所以下列句子不合語法：

（8）呢條魚好多 __。✗ 呢隻豬好多 __。✗

呢張棉被好多 __。✗ 呢塊樹葉好多 __。✗

例（5-8）的對錯源於兩類量詞，「條」、「隻」、「張」、「塊」是個體量詞，用來形容個別事物的形狀特徵；「箱」、「杯」、「包」、「堆」是集合量詞，描述多個事物聚集起來的形式或狀態。當中所涉及的「形一量」詞組及單字形容詞的表現可總結如下：

個體量詞		集合量詞	
「形一量」詞組	單字形容詞	「形一量」詞組	單字形容詞
大條、大隻 大張、大塊	大 ＿ ✓ 多 ＿ ✗	大箱、大杯 大包、大堆	大 ＿ ✓ 多 ＿ ✗

粵語表示事物大小、數量多少時，可以借助量詞之力，那麼，普通話有沒有「形一量」詞組呢？

重磅、足兩

今天在攝氏十二度的低溫下飄着濛濛冷雨，上課途中我於碧秋樓外巧遇行德老師，老師隨即跟我分享他剛上完新亞通識課的情景：「現在的學生真的沒有自己的看法……內地學生原來很願意用粵語來討論……」，路上的同學瑟縮於大衣內，急步的在我們身旁掠過，我們卻依然站着，傘子在撐着，一個在訴説，一個在傾聽，我腦海突然閃出老師在某個研討會裏所提出的「重磅」一例。

「重磅」之所以特別，就是其結構形式雖然屬〔形容詞—量詞〕組合，但又異於常態。如：

（1）**大個嘅蘋果、細條嘅香蕉**

（2）**大堆嘅垃圾、細杯嘅奶茶**

形容詞「大」、「細」，跟後面的量詞「個」、「條」、「堆」、「杯」形成「大個」、「細條」、「大堆」、「細杯」。這些量詞沒有一個是計算度量衡的「斤」、「兩」、「磅」等單位量詞。請看：

（3）**大斤✗、大両✗、大磅✗**

（4）**細斤✗、細両✗、細磅✗**

可是，偏偏「磅」就可以給形容詞「重」來修飾，形成「重磅」，譬如：

（5）重磅嘅選手

沒錯，「大」、「細」配不上單位量詞，不過，「重磅」一例告訴我形容詞原來可以脫離「大」、「細」。於是我便挖下去，嘗試以「重」配上其他單位量詞。雖然我們沒有「重斤」，但有「足斤」，即：

（6）重斤嘅金牌 ✗

（7）足斤嘅金牌 ✓

我們沒有「重兩」，但有「足兩」，如：

（8）重兩嘅介指 ✗

（9）足兩嘅介指 ✓

另一方面，既有「重磅」，又有「足磅」，如：

（10）重磅嘅BB

（11）足磅嘅BB

因此，形容詞「足」的拼合能力比「重」高，可與「斤」、

「兩」、「磅」相配，形成〔形容詞—單位量詞〕組合。

既然這個組合不像早前所想像的那麼特殊而具有一定的普遍性，那麼「重磅」這類詞組可以像「大杯」進入「過」字比較句嗎？請看：

（12）A大杯過B。

（13）A重磅過B。

（14）花師奶嘅金牌足兩過肥師奶嘅條鏈。

「大杯」能夠進入例（12）的「過」字比較句，是個形容詞詞組。例（13-14）裏，「重磅」、「足兩」也可進入。上述分析可總結如下：

<table>
<tr><th colspan="2">形容詞—量詞</th><th colspan="2">形容詞—單位量詞</th></tr>
<tr><td>大</td><td>個／堆／條／杯</td><td>重</td><td>磅</td></tr>
<tr><td rowspan="2">細</td><td rowspan="2">個／堆／條／杯</td><td>重 ✗</td><td>斤／兩</td></tr>
<tr><td>足</td><td>磅／斤／兩</td></tr>
<tr><td colspan="4">「過」字比較句：大杯過／重磅過／足兩過</td></tr>
</table>

7

量名篇

嘢食、嘢飲、嘢玩

一D都唔簡單

數字概念的隱藏與浮現

幾嚿仔排骨

量名之間

約數詞約了你

可免則免　慳得就慳

指示詞的指示

嘢食、嘢飲、嘢玩

這屆區議會選舉「盟劍連」大勝，證明該黨政治人才輩出，不單能夠升任政府即將出爐月薪二十萬元的副局長一職，還可以憑高薪厚祿，入主山頂柯士甸山道的豪宅群，把北角七姊妹道蛇宴荔枝一日團帶給沒有時間旅遊的富豪商賈CEO。大家「有嘢食」、「有嘢飲」、「有嘢玩」，四年後盟劍連摘下山頂區議會議席便指日可期，形勢一片大好。

「嘢食」、「嘢飲」、「嘢玩」三個詞組的構詞方法很特別，「嘢」指東西，是個賓語，被後面的動詞支配，所以「嘢食」的意思是東西被吃、「嘢飲」是東西被喝、「嘢玩」是東西被玩，所以三者都是個〔賓語—動詞〕的組合。

這個組合本身屬什麼詞類呢？請看：

（1）呢啲嘢食好味。

（2）呢啲嘢飲好甜。

（3）呢啲嘢玩好貴。

這三句的主語同屬一個類型，就是指示詞「呢」 量詞「啲」

「嘢食」/「嘢飲」/「嘢玩」。因為主語多數是名詞詞組，而指示詞和量詞均不是名詞，所以主語餘下的部分「嘢食」、「嘢飲」、「嘢玩」便是名詞了。再看：

（4）**呢啲蘋果好貴。**

「蘋果」毫無疑問是個名詞，所站的位置與例（1-3）的「嘢食」、「嘢飲」、「嘢玩」一樣，所以更加證實了這三個詞組同屬名詞類。

討論完構詞法、詞類之後，你或會憑下列例子來反駁粵語不只有這三個〔賓語—動詞〕詞組，如：

（5）**有啲嘢做、有啲嘢聽、有啲嘢睇**

（6）**有啲嘢食、有啲嘢飲、有啲嘢玩**

沒錯，例（5）的「嘢做」、「嘢聽」、「嘢睇」與例（6）的「嘢食」、「嘢飲」、「嘢玩」處於句子的相同位置，理應兩組可看齊是名詞，但「嘢做」、「嘢聽」、「嘢睇」不能進入〔指示詞＋量詞＋名詞〕句式，試比較下列兩組：

（7）**呢啲嘢做 ✗、呢啲嘢聽 ✗、呢啲嘢睇 ✗**

（8）**呢啲嘢食、呢啲嘢飲、呢啲嘢玩**

例（7）的詞組皆不合語法，原因就是「嘢做」、「嘢聽」、「嘢睇」根本不屬名詞，有異於例（8）屬名詞的「嘢食」、「嘢飲」、「嘢玩」。

上列分析可總結於下表內：

	嘢食、嘢飲、嘢玩
構詞法	〔嘢賓語—食動詞〕、〔嘢賓語—飲動詞〕、〔嘢賓語—玩動詞〕
詞類	〔嘢賓語—食動詞〕名詞、〔嘢賓語—飲動詞〕名詞、〔嘢賓語—玩動詞〕名詞
證據	呢啲嘢食 ✓、呢啲嘢飲 ✓、呢啲嘢玩 ✓ 呢啲嘢做 ✗、呢啲嘢聽 ✗、呢啲嘢睇 ✗

一 D都唔簡單

音樂有很多「D」，鼓的英文名稱drum以D起首，曲調有D大調、D小調， 法國作曲家有Debussy，捷克音樂家有Dvorak，中國樂器嗩吶俗稱「D打」（「打」字唸作第二聲）。這些「D」令我回想起在《明報—大熱．teen時》（23-7-2007）裏寫過一篇關於粵語「D」的文章，現在發覺需要「補翻D」資料。

其實，「D」是「啲」的讀音，「啲」一方面是個量化詞，與普通話的「一點」意思上差不多。但兩者的用法又不完全一致。請看：

（1）呢齣戲係唔同啲。（粵）

（2）這部電影是不同一點。（普）✗

（3）這部電影是比較不同。（普）

例（1）裏，粵語「啲」可直接跟着「唔同」，而普通話在例（2）裏則不能以「一點」跟着「不同」，而要在「不同」前面加上「比較」，如例（3）所示。

另外，「啲」是個複數量詞，與普通話的「些」差不多，譬如：

（4）枱上面有啲蘋果。（粵）

（5）桌子上有些蘋果。（普）

例（4-5）裏，「有啲蘋果」、「有些蘋果」均指任何幾個蘋果，屬不定指的用法。

可是，「啲」與「些」還是有點不同，如：

（6）啲蘋果跌咗落街。（粵）

（7）些蘋果掉在街上。（普）✗

例（6）裏，「啲蘋果」特指某些蘋果，是個定指的用法；普通話在例（7）裏則不可以這樣説。

至於領屬結構方面，粵語可以説「我啲蘋果」，如：

（8）我啲蘋果好貴。（粵）

（9）我些蘋果好貴。（普）✗

但在普通話例（9）裏則不能説成「我些蘋果」了。承上句，「我」可換作小句「跌咗落街」作修飾語，即：

（10）跌咗落街啲蘋果好貴。（粵）

（11）掉在街上些蘋果好貴。（普）✗

不過，相對應的普通話例（11）則不合語法了。

還有，例（12）的「啲馬騮」泛指馬騮這類動物，（13）裏，普通話的「些馬騮」則不行，如：

（12）啲馬騮鍾意食西瓜。（粵）

（13）些馬騮喜歡吃西瓜。（普）✗

最後，「啲啲」在例（14）裏可連用，意思是連一點也不留給我，如：

（14）啲啲都唔留翻畀我。（粵）

（15）些些都不留給我。（普）✗

可是，普通話的「些些」則不能連用，如例（15）所示。

上述粵語及普通話之差異可總結如下：

<table>
<tr><th>量化詞</th><th>粵語</th><th>普通話</th></tr>
<tr><td>……係唔同啲</td><td>✓</td><td>✗</td></tr>
<tr><th>複數量詞</th><th>粵語</th><th>普通話</th></tr>
<tr><td>啲蘋果跌咗……</td><td rowspan="5">✓</td><td rowspan="5">✗</td></tr>
<tr><td>我啲蘋果……</td></tr>
<tr><td>跌咗落街啲蘋果……</td></tr>
<tr><td>啲馬騮……</td></tr>
<tr><td>啲啲……</td></tr>
</table>

表內的結構粵語都能説，但普通話則不可，那麼，普通話該怎麼説呢？

數字概念的隱藏與浮現

英文“His car is brown （in colour）.”，當中的“colour”可以省略隱藏，但粵語「佢架車咖啡色」就要把「色」浮現出來，不能省略而成「佢架車咖啡」，這説明粵語較好「色」。除此之外，粵語裏還喜好把什麼字詞點明浮現呢？

例如，年歲可以刪除嗎？請看：

媽媽話我要六歲先可以買單車。	媽媽話我要六先可以買單車。✗
佢成二十一歲中學都未畢業。	佢成二十一中學都未畢業。✗
三歲就可以讀幼稚園。	三就可以讀幼稚園。✗
個十八歲嘅男仔去咗投票。	個十八嘅男仔去咗投票。✗

這些例子清楚看出，表達年齡的「歲」字不能省掉，必須寫或講出來，跟英文的情況很不一樣，如“He is （at the age of） eighteen.”，跟年齡有關的部分“at the age of”可寫可不寫。可是，當涉及正式場合時，「歲」字也可刪掉，如：

林小姐芳齡二十一，係一位空中服務員。（選美會）

年滿十八就要換領成人身分證。（政府廣告）

談及月份時，不論數字是單音節還是雙音節，「月」字必須出現，如：

個term幾時完呀？十二月先完呀。	個term幾時完呀？十二先完呀。✗
個project要搞埋二三四月先至掂呀。	個project要搞埋二三四先至掂呀。✗

有趣的是，一月、二月、三月等月份的「月」字是浮現出來的，英文的January、February、March等月份，卻沒有一個代表「月」的明顯詞綴。

比較歲數、月份等概念後，可以推測：表達時間的字詞，在英語裏可以省略，但在粵語裏必須出現：

It’s six o’clock.	It’s six.
家陣六點。	家陣六。✗
我十一點就出街。	我十一就出街。✗
五十分就落堂。	五十就落堂。✗

上表的例子證明推測正確。英語表時間的“o’clock”可有可無；但粵語表示間的「點」、「分」就一定要浮現出來。有趣的是，當以分針在鐘面行至某個數字表達時間時，數字「九」後面的「個字」則可有可無，如：

搭九（個字）就會落堂。

上述的論證一方面確立了粵語中表達年歲、月份、時間的字詞必須在數字後出現的理論，另一方面，也代表粵語的數字在上述三個情況裏都不能獨用。

所謂世事無絕對，某些範疇是容許數詞獨立使用的。

表達名次、等級時可以，如：

第三世界 ＝ 第三類世界

小明排第三 ＝ 小明排第三個／第三名

表達溫度、紫外線、成績等指數時可以，如：

嘩！十五！熱死人咩！校去五啦。（空調調校器）

而家紫外線指數係十二，強度極高。

今期考試，GPA一定要過三！

表達房號、獎券的號碼時可以，如：

今期六合彩中獎號碼係：三、六、廿一……

呢個課室咁細，不如調去五一八上啦。

表達高度時可以，如：

我有一五〇，可唔可以做消防員呢？

我有五呎八，可唔可以做消防員呢？

注意：使用呎吋表達時，「吋」可以刪掉，但「呎」不能刪。

為什麼表達這些範疇：名次、等級、溫度、紫外線、成績、房號、獎券號碼、高度等的時候，可以容許數詞獨用呢？這要留待日後作詳細研究了。

幾嚿仔排骨

「幾嚿仔排骨」這句用語雖然平常，卻反映了「仔」字背後複雜的語法規則。

有一天，在巴士上聽見老婆婆跟她鄉里說：「頭先間茶樓確係把鬼。」鄉里答道：「把鬼到嘔啦，碟飯得嗰幾嚿仔排骨！」她們一邊罵，我便一邊抄……

讓我們細看這句：

得嗰幾嚿仔排骨。

「嚿」是個體量詞，近似普通話的「塊」，「排骨」是名詞。這兒，量詞與名詞之間有個「仔」字。可是普通話裏就不能加上與「仔」相對應的「子」字或「兒」字， 如：

幾塊子排骨／幾塊兒排骨 ✗

按一般的講法，「仔」字應與名詞結合，如：

幾嚿排骨仔

幾百嚿排骨仔

上句的「仔」跟着「排骨」，指稱其細小的體積。如果把數目增至下句的「幾百」，數量之多與「仔」字卻沒有衝突，因為「仔」字依舊指涉細小的排骨，與其數量沒關係。所以，「仔」字在名詞後的作用是形容其物質的大小，跟數量之多少無關。

如「仔」直接黏在量詞後，其作用究竟是指稱細小的骨頭，還是指稱骨頭的數量呢？請看：

骨頭先得三大嚿仔，瘦肉就有成五嚿。✗

骨頭先得三嚿仔，瘦肉就有成五嚿。

上句裏，「大」指骨頭很大，而「仔」指骨頭很小。這樣，骨頭便既大又小，產生矛盾，使句子不合於語法。當下句刪掉「大」字後而剩下「仔」字時，句子便合乎語法。這兩句的對比顯示，「仔」字的作用依然是指稱骨頭體積之大小，這點與名詞後的「仔」無異。再看：

大骨頭先得三嚿仔，細骨頭就有成五百嚿。

大骨頭先得三百嚿仔，細骨頭就有成五百嚿。✗

上句原先在量詞前的「大」字移到「骨頭」前作直接的修飾，和在量詞後的「仔」字沒有衝突，這個「仔」似乎不再用作修飾骨頭的大小。可是，當下句的數詞增大至「三百」時，句子語法便令人不能接受了，因為「三百」是個大數量，與「仔」產生矛盾。這間接證明「仔」只可與較小的數目相配。因此，量詞後的「仔」主要修飾數量的多少，這點與名詞後的「仔」不同。

就量詞「嚿」的例子而言，量詞與名詞之間的「仔」，與名詞後的「仔」同樣指涉物質的大小，但前者同時也修飾數量之多少。以上分析概括如下：

	物質的大小	數量之多少
量名之間的「仔」	✓	✓
名詞後的「仔」	✓	✗

量名之間

「河邊有隻羊，羊邊有隻象，象邊有隻馬騮仔……」兒歌是這樣唱的。語言也可以用相同結構的句子解説：數詞與名詞間有量詞，數詞與量詞間有形容詞，量詞與名詞間有什麼詞呢？

如果量詞屬計量單位，如：「斤」，我們可以説：「三斤蘋果」。「斤」與「蘋果」間可插入結構助詞「嘅」，如：「三斤嘅蘋果」。這點與普通話無異，因為普通話也可以説「三斤的蘋果」。有與沒有「嘅」之間，句子意義差別極少，試比較：「我買咗三斤蘋果」、「我買咗三斤嘅蘋果」。

又例如：「三包」、「三堆蘋果」，「包」與「堆」均是集合量詞，意思即把某數量的蘋果集合在一起。它們配上「嘅」字就成：「三包嘅蘋果」、「三堆嘅蘋果」。這點也跟普通話一樣，即可在量詞與名詞中間加上「的」，如：「三包的蘋果」、「三堆的蘋果」。「嘅」的出現對句的理解影響不大，試比較：「我一口氣食晒三包蘋果」、「我一口氣食晒三包嘅蘋果」。

類別量詞又如何呢？例如：「兩種香蕉」，「種」是類別量詞，粵普雙語都可在「種」之後加上結構助詞，如：「兩種嘅香蕉」、「兩種的香蕉」。同樣，結構助詞有否出現也不影響箇中的意義。

現在，我們可以作一小結：粵語、普通話都能夠在上述三類量詞後添上「嘅」與「的」。但量詞是否只限於這三類？要是還有其他種類的話，其與結構助詞的結合關係又是如何呢？

請看：

五個嘅西瓜

五個的西瓜 ✗

這兩例子顯示「個」在粵語裏可與「嘅」結合，但在普通話裏則不能。「個」是個體量詞，一般用作描述事物的外表特徵，「張」、「條」也屬此類，如：

三張嘅申請表

兩條嘅河流

三張的申請表 ✗

兩條的河流 ✗

此外，複數量詞「啲」在粵語也可與「嘅」結合，但「的」在普通話裏就不能跟着複數量詞「些」，如：

有啲嘅小朋友。

有些的小朋友。 ✗

量詞與結構助詞的連繫情況可總結如下：

量詞類別	粵語	普通話
計量	斤 嘅	斤 的
集合	堆 嘅	堆 的
類別	種 嘅	種 的
個體	個 嘅	個 的 ✗
複數	啲 嘅	些 的 ✗

這課題再深挖下去，就是一個疑問：量詞配「嘅」不配「嘅」，對整個詞組的意義是否真的沒有影響？

約數詞約了你

正在國際化的中大錄取了很多畢業於國際學校的學生，他們都需要修讀「大學中文初階」，該科由我任教，這學期的學生來自藝術系、宗教系、化學系、工程系和法律系。上星期我們討論口頭報告的題目時，同學説想做金錢銀碼的通俗説法，例如：「三雞」、「三草」、「三嚿」、「三撇」、「三皮」等。他們在香港生活的時間不長，竟然知道這串地道的叫法，我既驚訝又欣慰。

「雞」、「草」、「嚿」、「撇」、「皮」分別代表一元、十元、一百元、一千元、一萬元，屬單位量詞，其前方可配確數詞，如：「三嚿水」，或約數詞，如：「幾嚿水」。其他約數詞還有：所有、大部分、好多、幾多、好少等。究竟這些約數詞需要配上量詞嗎？如需要的話，配上什麼量詞？

我們以名詞「學生」為例，如果將它配上確數詞後，量詞「個」必須出現，否則就不合語法，如：

（1）**三個學生**

（2）**三學生 ✗**

要是配上約數詞的話，情況則大為不同了，如：

（3）**好多個學生**

（4）幾多個學生

（5）好少個學生 ✗

（6）大部分個學生 ✗

（7）所有個學生遲到 ✗

當中只有「好多」、「幾多」能與量詞相連，而其他約數詞則不能夠。那麼，例句配上複數量詞「啲」時，情況又是否一樣呢？請看：

（8）好多啲學生

（9）好少啲學生 ✗

（10）幾多啲學生 ✗

（11）大部分啲學生

（12）所有啲學生

結果顯示，「好多」依然合語法，「好少」依然不合語法；「幾多」則變成不合語法，而「所有」、「大部分」則變成合語法。

因此，約數詞配上個體量詞「個」與複數量詞「啲」會產生不同的語法現象。最後，我們重看例（2），確數詞不能直接加上名詞，那麼，約數詞能夠直接加上去嗎？請看：

（13）所有∅學生

（14）大部分∅學生

（15）好多∅學生

（16）幾多∅學生

（17）好少∅學生

所有約數詞皆可以直接與名詞合併，這表現又跟上述例（3-12）不同。

上列三組測試的結果總結如下：

<table>
<tr><td>好少</td><td rowspan="4">∅</td><td>個 ✗</td><td>啲 ✗</td><td rowspan="4">學生</td></tr>
<tr><td>所有 / 大部分</td><td>個 ✗</td><td>啲</td></tr>
<tr><td>幾多</td><td>個</td><td>啲 ✗</td></tr>
<tr><td>好多</td><td>個</td><td>啲</td></tr>
</table>

總結而言，「好少」最受限制，「好多」最自由。「所有」、「大部分」兩者一致，只受制於個體量詞；而「幾多」則相反，只受制於複數量詞。最後，這個量詞限制同樣適用於普通話嗎？

可免則免　慳得就慳

人有惰性，語言也有，能夠不説就不説，可免則免，慳得就慳！數詞「一」之省略，粵語普通話都有，例如：

（1）佢買咗〔一〕個西瓜。（粵）

（2）他買了〔一〕個西瓜。（普）

「西瓜」作為賓語時，「一」字可有可無。但它作主語時又如何呢？請看：

（3）個西瓜唔見咗。（粵）

（4）個西瓜不見了。（普）✗

例（3）的粵語正確，例（4）的普通話就不對。這個粵普對比也在時間詞「一陣間」、「一會兒」身上看見，如：

（5）佢等〔一〕陣間有問題。（粵）

（6）他等〔一〕會兒沒問題。（普）

「一」在例（5-6）的賓語裏可刪掉，但在例（7-8）的主語裏則粵普有別，如：

（7）陣間佢先去。（粵）

（8）會兒他才去。（普）✗

例（7）的粵語像例（3）般可把「一」省略，而例（8）的普通話則不行，與例（4）的情況一致。

另外，就粵語而言，「一陣間」還可縮成「因間」，如：

（9）因間佢先去。

「因」字其實只表示「一陣」的合音，其字義跟「一陣間」沒有關係。「一」（jat[7]）的聲母 j 與「陣」（zan[6]）的韻母 an 結合起來再加上高聲調，便得出「因」（jan[1]）的語音組合。

順帶一提，客人在茶餐廳點菜後，夥計便叫喊着：

（10）炒麵碟，燒鵝飯碟。

在市場買菜時，會聽見小販叫喊着：

（11）埋嚟睇埋嚟揀，三十蚊包。

例（10-11）裏，「一」也是給省掉了，有關詞組本應是「炒麵一碟」、「燒鵝飯一碟」、「三十蚊一包」。在普通話裏，這個「一」是不能夠刪除的。

上述的分析可概括如下：

<table>
<tr><th rowspan="2"></th><th colspan="2">粵語</th><th colspan="2">普通話</th></tr>
<tr><th>主語</th><th>賓語</th><th>主語</th><th>賓語</th></tr>
<tr><td>一個西瓜
一陣間／一會兒</td><td colspan="2" rowspan="2">「一」可省略</td><td>「一」
不可省略</td><td>「一」
可省略</td></tr>
<tr><td>燒鵝飯一碟</td><td colspan="2">「一」不可省略</td></tr>
</table>

數詞除了「一」可以省略外，「二」可以嗎？粵語能夠，普通話不能夠。請看：

（12）第二世喺火星見。（粵）

（13）第二世在火星見。（普）

（14）第世喺火星見。（粵）

（15）第世在火星見。（普）✗

例（12-13）裏，粵普都有「第二世」這個表示數字次序的詞組。但例（14-15）就顯示粵語可把「第二」的「二」刪掉，而普通話則不能。

除了「第世」外，粵語還有「第日」、「第個」，如：

（16）第二日飲茶。➡第日飲茶。

（17）叫第二個入嚟。➡叫第個入嚟。

序數詞「二」的省略情況可總結如下：

	粵語	普通話
序數詞： 第二世、第二日、第二個	「二」可省略	「二」不可省略

當然，未解決的問題還有很多，譬如：「二」以上的數詞可省掉嗎？為何「二」只可在粵語裏刪除而普通話就不能？

指示詞的指示

政治較勁，可針對遠程的道德高地，例如：沒列明細節的普選路線圖，怎樣的政改方案都寸步不讓，也可作短程的狙擊，例如：可否在2012年的立法會開個失業人士的功能組別，為失業人士發聲等等。

如何指稱事物的遠近每個語言都有其辦法。普通話有「這」和「那」，粵語有「呢」和「嗰」，這些字詞我們叫指示詞。例如：

（1）呢一本書好厚，嗰一本雜誌重厚。（粵）

（2）這一本書很厚，那一本雜誌更厚。（普）

例（1-2）顯示粵普的指示詞不論近指或遠指，皆處於名詞詞組的最前方，即：〔指示詞—數詞—量詞—名詞〕。

另外，粵普也可把數詞「一」刪掉，如：

（3）呢 __ 本書好厚，嗰 __ 本雜誌重厚。（粵）

（4）這 __ 本書很厚，那 __ 本雜誌更厚。（普）

可是，如果再省下去，兩個語言就有差異了，如：

（5）呢＿＿書好厚✗，嗰＿＿雜誌重厚。✗（粵）

（6）這＿＿書很厚，那＿＿雜誌更厚。（普）

例（5-6）中，量詞也給省掉時，普通話仍合乎語法， 而粵語則不合語法。換句話説，普通話的指示詞「這」、「那」可以在省略量詞的環境下生存， 但粵語的「呢」、「嗰」就不能。

去到一個極點就是連名詞也抹掉，情況又如何呢？請看：

（7）呢＿＿＿好厚✗，嗰＿＿＿重厚。✗（粵）

（8）這＿＿＿很厚，那＿＿＿更厚。（普）

例（8）裏，普通話指示詞能獨立運用於句子裏，即數詞、量詞和名詞都給省略。但在例（7）的粵語裏，指示詞則不能獨用於句子之中。一方面，粵語的「呢」、「嗰」在句子裏的省略情況不及普通話的那麼多；但是，另一方面，粵語的「嗰」表現則較普通話的「那」豐富。請看：

（9）呢本唔夠好，嗰兩本先好，嗰一本重好。

原來，百多年前的粵語，除了遠指「嗰^{2}」（唸作第二聲）之外，還有個指得更遠的指示詞，就是例（9）裏唸作第一聲的「嗰^{1}」。普通話則沒有一個更遠指的指示詞了。

時代改變，即使有老人家還用例（9）裏的更遠指方式，但在現今的粵語裏，我們絕大多數都以「嗰[1]」字來強調與近指指示詞的對比，譬如：

（10）**唔係呢個，係嗰[1]個呀，死蠢！**

上述的分析可總結如下：

	粵語	普通話
指示詞＋數詞（一）＋量詞＋名詞	✓	
指示詞＋ ＿ ＿ ＿ ＋量 詞＋名詞	✓	
指示詞＋ ＿ ＿ ＿ ＋＿ ＿＋名詞	✗	✓
指示詞＋ ＿ ＿ ＿ ＋＿ ＿ ＋ ＿ ＿	✗	✓
更遠指	✓	✗

8 否定詞篇

冇啲醒目、冇嘢醒目

唔即是冇、冇即是唔

好陰功、冇陰功

重係還是定係

冇啲醒目、冇嚟醒目

前幾年，中大教務委員會接納了雙語政策報告，同意校方對教學語言作出指引。究竟教學語言是否屬於學術自由的範圍？「校方對老師的教學語言指指點點」可否視為「校方對老師的學術自由指指點點」呢？校方如果「冇啲醒目」，也應付不了這些問題啊！

在粵語裏，「冇啲醒目」可以講為「冇嚟醒目」，如：

（1）小明真係冇啲醒目。＝小明真係冇嚟醒目。

兩個句子的意思都是小明一點都不聰明。除了「醒目」外，我們再看「斯文」，如：

（2）佢大吵大鬧，冇啲斯文。＝佢大吵大鬧，冇嚟斯文。

「冇啲斯文」、「冇嚟斯文」都解作一點斯文都沒有。要是描述一個人一點正經都沒有，我們可以說：

（3）佢冇啲正經。　佢冇嚟正經。

上例所包含的形容詞「醒目」、「斯文」、「正經」配上「冇啲」或「冇嚟」之後，意思都是一樣的。那麼是否只有形容詞才能後附於「冇啲」和「冇嚟」？名詞又能否跟着其後呢？請看：

（4）佢雖然有錢，但係冇啲貴格。＝佢雖然有錢，但係冇嚟貴格。

句子配上名詞「貴格」後，不論「冇啲」還是「冇嚟」，左右兩句不只合乎語法，而且意思也一樣，就是他一點貴格也沒有。那麼，還有名詞可以進入這兩個句式嗎？再看：

（5）畀人指指點點都唔敢出聲，冇啲膽識；寫文章剩係識寫語法，冇啲情趣。

（6）畀人指指點點都唔敢出聲，冇嚟膽識；寫文章剩係識寫語法，冇嚟情趣。

例（5-6）裏，「膽識」、「情趣」兩個名詞都可以跟着「冇啲」和「冇嚟」，其意思差不多。

以上的分析可綜合為這條規則：「冇啲／嚟」〔形容詞／名詞〕

最後，是否所有名詞、形容詞都可代入這公式呢？請看：

（7）教學語言，我冇啲／嚟選擇權，但係都冇啲／嚟擔心。✗

（8）教學語言，我一啲選擇權都冇，但係一啲都唔擔心。

例（7）顯示名詞「選擇權」、形容詞「擔心」使句子不合語法，而例（8）就是正確的説法，換言之，不是所有名詞和形容詞都可套入規則內。學生告訴我涉及人類優點的形容詞或名詞便可進入有關格式，所以「選擇權」、「擔心」就不能。上列分析可總結如下：

	「冇啲／嚟」＋〔 〕
形容詞	✓
名詞	✓
優點	醒目、斯文、正經、貴格、膽識、情趣 ✓
非優點	選擇權、擔心 ✗

唔即是冇、冇即是唔

2007年12月16日去了政府大球場觀賞許冠傑演唱會，Sam Hui一身豹紋款式的打扮，襯着台上以SAM字作布景及字樣兩旁所配上翅膀狀的霓虹燈飾，如「豹」添翼般在四小時內送上六十六首好歌給觀眾。當歌神唱到《天才白癡錢錢錢》的一句「打跛雙腳都冇相干」時……我便想起「唔相干」。

「冇相干」、「唔相干」兩者意思一樣，解作沒關係。另外，我們聽過「冇緊要」，也聽過「唔緊要」，兩個詞組用法相同。問題是兩個否定詞「冇」、「唔」為何能夠互換呢？

一天早上在維多利亞公園散步時，聽見老人家說：「喂，老人精。」老人精回應說：「老人家，好耐唔見。」這句「好耐唔見」即是現代話的「好耐冇見」。否定詞「唔」、「冇」在此例中也可互相替代。更多的例子有：「原來呢度有隻窗，平時都唔／冇發覺添。」、「平時我都唔／冇食開呢個牌子。」

其實，否定詞的分工是很清晰的，例如：

（1）**小明冇睇過《父子》，佢根本唔鍾意睇戲。**

（2）**小明唔睇過《父子》✗，佢根本冇鍾意睇戲。✗**

例（1）裏，「冇」配動態詞組「睇過」；「唔」配靜態詞組「鍾意」。不過，兩者錯配後便令例（2）不合語法。所以，有理由相信「唔」、「冇」互通屬少數例子。

電影《父子》在2007年香港電影金像獎頒獎典禮中獲獎無數，演員所說的大馬粵語在疑問句表達上也呈現「唔」、「冇」的替代關係，例如：

（3）我好攰，你知道冇？唔好搞倒啲細路，啱冇？

例（3）的「知道冇」、「啱冇」就用了「冇」字。現代粵語則用「唔」，如：

（4）我好攰，你知唔知道？唔好搞倒啲細路，啱唔啱？

根據例（1-2），「怕」、「驚」、「識死」等靜態詞組須配上「唔」而成「唔怕」、「唔驚」、「唔識死」，可是有些老人家甚至中年人，除了「唔」之外，還使用「冇有」，如：「冇有怕」、「冇有驚」、「冇有識死」。可是這替代卻不能擴展至下例：

（5）唔靚、唔肥、唔叻 ➡ 冇有靚 ✗、冇有肥 ✗、冇有叻 ✗

上篇的《冇啲醒目 冇嚟醒目》，要是從「唔」、「冇」的通用角度來看，就有如下的對等關係：

（6）冇啲醒目＝唔醒目、冇啲斯文＝唔斯文、
冇啲正經＝唔正經

「唔即是冇、冇即是唔」的現象可總結如下：

冇相干		唔相干
好耐冇見		好耐唔見
啱冇	＝	啱唔啱
冇有怕		唔怕
冇啲醒目		唔醒目

好陰功、冇陰功

歌神許冠傑是七十年代的港大精英，他肯紓尊降貴，以「呦咗嘅哋」來填寫歌詞，當時沒有人膽敢批評他這個「粵手寫粵口」的做法，會污染學生現代漢語的寫作語感。我有時這樣想：要是在本書以粵手寫粵口，「《明報》就真係陰功／冇陰功囉！」

「冇陰功」與「陰功」在此例中都解作同情《明報》之意，而不是一個解同情另一個解不同情。否定詞「冇」存在與否並不影響整個詞組的意思，這點前人討論過。現舉一些許冠傑的歌詞來顯示「冇陰功」與「陰功」的共存，請看：

（1）落手，三隻東，度到啱晒三吊二五六筒，截正糊，

真陰功，騰騰震呀嬲到面呀面都紅。

《打雀英雄傳》

例（1）之《打雀英雄傳》用了「陰功」，而例（2-3）中，《學生哥》、《一水隔天涯》都用了「冇陰功」。

（2）學生哥，好溫功課，咪淨係掛住踢波，最弊肥佬咗，

冇陰功囉，同學亦愛莫能助。《學生哥》

（3）**真水得場夢，咪話妹佢冇陰功，麵包都幾毫一件，唔通成世YAK西風，梗係一水隔天涯，皆因水漏就唔同。** 《一水隔天涯》

起初，以為只有這對「冇陰功」、「陰功」，但友人梁子祥提供另一對詞組：「幾咁閑」、「幾咁唔閑」，否定詞「唔」有與無均不影響整體意義，再看：

（4）**搭港鐵真係話咁快。**

（5）**搭港鐵真係話都冇咁快。**

例（4）的「話咁快」指行車速度快，例（5）的「話都冇咁快」也有相同的意思，而不是指速度慢。所以，「冇」的有與無均不影響兩句的理解。又例如：

（6）**向幫文先生借錢，話咁易。**

（7）**向幫文先生借錢，話都冇咁易。**

這兩句的「話咁易」與「話都冇咁易」的意思也相同，例（7）的「冇」字沒有影響借錢的難度。

至於另一個否定詞「唔」又如何呢？請看：

（8）睇完星爺啲戲，真係忍唔住笑。

（9）睇完星爺啲戲，真係忍唔住唔笑。

例（8）中，「忍唔住笑」指忍不住笑了出來。例（9）中，「忍唔住唔笑」解作不笑是忍不住的，換言之就是笑了出來。總之，兩句中一個「唔」與兩個「唔」均指向同一結果。上述否定詞的可有可無現象可總結如下：

較多否定詞		較少否定詞
冇陰公 幾咁唔閑		冇陰公 幾咁閑
話都冇咁快 話都冇咁易	=	話咁快 話咁易
忍唔住唔笑		忍唔住笑

重係還是定係

西人史匹堡先生因中國沒有出力阻止蘇丹達爾富爾的種族仇殺而辭退北京奧運的藝術顧問。藝術、運動、政治三者互相扣在一起。同理，語言也把大埔學者與西環餐廳女工連繫起來。

張洪年老師七十年代到美國進修去，他的粵語便凝固於那個年代，所以現在聽他説話時會發現他的用詞跟我們的不同，聽得懂但不會像他這樣説。「選擇問句」便是箇中的經典，譬如他會這樣説：

（1）同學鍾意語法重係語音？

説話的意思是喜歡語法還是語音，「重係」的「重」讀 $zung^6$（「仲」音），作用就是提供選項給對方選擇。

這是我這輩子第一次聽見用「重係」來代替慣常所使用的「定係」，即：

（2）同學鍾意語法定係語音？

老師説我是第一個注意到他使用「重係」這個詞組，他解釋或許受普通話「還是」所影響，我半信半疑地想着：「為何普通話偏偏選中選擇問句來影響他的粵語呢？」

有一次，我在西環一間茶餐廳吃晚飯，點了蒸魚和燒味雙拼，替我寫菜的那位女侍應問：

（3）條魚同啲燒味一齊上重係分開上？

就這樣，「重係」便把港島西的茶餐廳女工和新界北的大學教授牽引起來了！我依稀記得那位女工五六十歲，操不帶鄉音的粵語，所以我有理由相信老師的「重係」不似受普通話所影響，而是有着一個較舊式的粵語層次。女工的説話用現代話説就是：

（4）條魚同啲燒味一齊上定係分開上？

這個「定係」詞組還可縮略成「定」字，如：

（5）鍾意語法定語音？啲燒味一齊上定分開上？

但「重係」則不能簡化成「重」字，如：

（6）鍾意語法重語音？✗ 啲燒味一齊上重分開上？✗

最近，我發現選擇問句還有一種説法，譬如我去吃紅豆沙糖水時，上年紀的老闆會這樣問：

（7）凍呀熱？

所運用的字詞不是「定係」，不是「重係」，而是「呀」字。買缽仔糕時，小販婆婆會問我要黃糖還是白糖：

（8）**白呀黃？**

「呀」在例（7-8）都是唸作第六聲，作用與「定」一樣提供選擇給對方，這兩句話我們現時會這樣説：

（9）**凍定熱？白定黃？**

但「呀」不像「定」般能連接雙音節的詞組，如：

（10）**鍾意語法呀語音？✗ 啲燒味一齊上呀分開上？✗**

上述新舊選擇問句的分析可總結如下：

粵語選擇問句			
較舊		較新	
重係	呀	定係	定

9 副詞篇

頹做、怒借、爆靚

Laan^{2}+形容詞

我食豬扒多

定啦、嚹啦、得㗎、好喎

否定句裏的「罷啦」

頹做、怒借、爆靚

話說志剛續任金管局兩年，議員問他日後人事上的改變會否影響局方的政策，志剛答道：「不會，正所謂『鐵造的衙門，流水的官』。」意思是官員的變動不會影響既定的金融政策。框架不變內容可變，官場如是，語言亦是。

中大學生十分喜歡用「頹」字來修飾說話，連帶內地生也懂得使用，例如：

（1）**我頹做咗份功課。**

意思是把功課做得很「頹廢」。「頹」用作副詞，修飾動詞「做」的狀態，「頹做」就是以頹廢的狀態來做事情。「頹」字是中文固有的，但跟動詞的拼合很可能屬十年八載的事。有次讀到學生的網誌：

（2）**我今日怒借咗三本書。**

「怒借」就是以憤怒的狀態來借書，雖然我不太了解這個借書姿態，但既然可以這樣說，這代表語法有能力衍生〔副詞＋動詞〕這個「偏正結構」，副詞屬偏，動詞屬正。

這邊廂中大生說「頹做」，那邊廂港大生說「勁過」，如：

（3）考試要勁過。

「勁過」不是指「我勁過你」這個比較句式，而是指考試的成績以很厲害的姿態超過某個標準，且超過得很遠。「勁」用作副詞來修飾動詞「過」，所以「勁過」也屬偏正詞組。

類似的組合日常生活也用上了不少，例如：

（4）呢齣戲真係超正。

（5）我個胃勁痛。

「超正」是十分好，「勁痛」是十分痛，「正」、「痛」是形容詞，分別受副詞「超」、「勁」修飾。整個詞組也屬偏正結構，不過，這兒的中心部分不是動詞而是形容詞。聽說現在流行講「爆」、「激」，例如：「爆靚」、「激瘦」，意思是極之大、極之瘦，兩者也是以偏正方式來結合的。

此外，外來詞OK也受此用法影響，請看：

（6）第一次測驗OK深。

（7）第二次測驗幾深。

「OK深」、「幾深」均表示試題艱深的程度，「OK深」的難度較「幾深」低。「OK」在此處作副詞用，限制形容詞「深」

的程度，所以「OK 深」也是個偏正詞組。有關分析概括如下：

偏正詞組	
副詞	動詞／形容詞
顏	做
怒	借
爆	靚
超	正
勁	痛
OK	深

其實，不只社會的流行粵語常用偏正結構，書面語也有不少，例如：「狂奔」，「怒吼」、「遲到」、「早退」，因此，不論何種中文的表達方式，偏正詞組始終是固有的，不同的只是詞匯的更替。「鐵造的句法，流水的詞匯」便是這個道理。

Laan^2＋形容詞

最近考了車牌，想買部愛快羅密歐（Alfa Romeo）。圓形的標誌，左半為十字架，右半為蛇，形成不對稱！標誌鑲嵌在車頭中央偏下方的倒三角金屬板，車牌便屈居於左燈之下，不對稱！車門手柄，前兩門的置於門身，後兩門的置於窗框邊，不對稱！愛快羅密歐，很型！我買了之後，或許變成「Laan^{2}型」！

「Laan^{2}靚」、「Laan^{2}叻」對應着普通話的「裝」或「裝作」。Laan^{2}在粵語裏有什麼用法呢？請看：

（1）Laan^{2}醒／Laan^{2}型／Laan^{2}可愛／Laan^{2}認真／Laan^{2}得戚

Laan^{2}可配單音節形容詞和雙音節形容詞。整個「Laan^2＋形容詞」的意思是自以為是，有假裝的意味。

例（1）的所有詞組原來中間可插進動詞「係」，即：

（2）Laan^{2}係醒／Laan^{2}係型／Laan^{2}係可愛／Laan^{2}係認真／Laan^{2}係得戚

這結構可歸結為〔Laan^2＋係形容詞〕。另外，Laan^2 也可跟下面詞組合併，如：

（3）Laan^2 有愛心／Laan^2 有理想／Laan^2 有原則／Laan^2 有心機

例子顯示laan^2 後面還可跟動詞「有」而成〔Laan^2+有+名詞〕，意思是裝作有愛心、裝作有理想等。跟例（2）一樣，Laan^2 後面可加動詞「係」而成：

（4）Laan^2 係有愛心／Laan^2 係有理想／Laan^2 係有原則／Laan^2 係有心機

再看：

（5）Laan^2 係有老闆錫。

例（5）裏，Laan^2 還可後附動詞「係」，加上「有」，兼且還有「老闆錫」這個主謂結構，整句的意思不再是裝作，而是恃着、仗着，即：

（6）恃着／仗着老闆的愛護。

從結構上來説，這個「係」字不能省掉而剩下〔有＋主謂結構〕，如：

（7）Laan^2 有老闆錫 ✗

上述分析總結如下：

Laan^2			形容詞
Laan^2	係		形容詞
Laan^2		有	名詞
Laan^2	係	有	名詞
Laan^2	係	有	主謂結構
Laan^2 ✗		有	主謂結構

究竟這個有音無字的Laan^2 的詞性如何？「扮靚」的「扮」是動詞，Laan^2 也是動詞嗎？請看：

（8）佢扮認真扮咗好耐。

（9）佢扮到好認真。

例（8-9）中，「扮」後面可加上補語「咗好耐」、「到好」，這顯示「扮」是個動詞。再看：

（10）佢Laan^2 認真Laan^2 咗好耐。✗

（11）佢Laan^2 到好認真。✗

例（10-11）中，Laan² 不能像「扮」字般可後加補語，這顯示Laan² 不是個動詞。

我們試以副詞「幾」加上「認真」來測試，譬如：

（12）佢幾認真咗好耐。✗

（13）佢幾到好認真。✗

例（12-13）中，「幾」與Laan² 均不能後加補語，既然「幾」是個副詞，因此也可推斷Laan² 為副詞，修飾隨後的詞組。

我食豬扒多

近兩年經濟好轉，但百物騰貴，通脹不單逼人，也逼豬肉。據説，農曆年假之後，內地的豬肉又會漲價了。為抵禦高昂的豬肉價格，餐廳酒樓應趁售價還沒調高之前，多購豬肉，好讓你和我都有豬肉吃，譬如：

（1）茶餐廳豬扒多。

（2）我食豬扒多。

這兩句的「多」都是在句末，都是跟着「豬扒」，但兩者的用法一致嗎？請看：

（3）我聽日打波多。

（4）我十點瞓覺多。

（5）我暑假去日本多。

例（3-5）的「多」意指多數，用來修飾動作發生的頻次，因此句子可以換上「多數」，如：

（6）我聽日多數打波。

（7）我多數十點瞓覺。

（8）我暑假多數去日本。

「多數」在例（6-8）裏是個副詞。而且，「多數」和句尾的「多」不能共現，如：

（9）我聽日多數打波多。✗

（10）我多數十點瞓覺多。✗

（11）我暑假多數去日本多。✗

我們重看例（2），「多數」替換「多」之後便得出：

（12）我多數食豬扒。

例（12）的結果就是例（2）的語感，即我經常吃豬扒。

至於例（1）的「多」就是多少的多，是個形容詞，不能解作「多數」，因為換上「多數」後，句子便不合語法，即：

（13）茶餐廳多數豬扒。✗

既然例（2-5）的「多」可由「多數」替代，而「多數」是個頻次副詞，因此，這句群的「多」字也可算作頻次副詞，用來描述動作發生的頻率，而不是修飾有關事物的數量。

另外，例（2-5）的「多」如果作形容詞解是解不通的。且看例子:

14（a）茶餐廳豬扒多

（b）茶餐廳好多豬扒

雖然例14（a）可解作例14（b），但例15（a）-18（a）就不等於例15（b）-18（b）了。

15（a）我食豬扒多。≠ 15（b）我食好多豬扒。

16（a）我聽日打波多。≠ 16（b）我聽日打好多波。

17（a）我十點瞓覺多。≠ 17（b）我十點瞓好多覺。

18（a）我暑假去日本多。≠18（b）我暑假去好多次日本。

這就更加說明「我食豬扒多」、「我聽日打波多」的「多」是頻次副詞而不是數量形容詞。頻次副詞「多」除了在例15（a）-18（a）中附於名詞「豬扒」、「波」、「覺」、「日本」之外，還可跟着非名詞性的成分，如：

（19）頭先新聞話個颱風今晚會吹過嚟多。

「過嚟」屬非名詞成分，後面的「多」也是個頻次副詞，因為它可被「多數」替換，如：

（20）頭先新聞話個颱風今晚多數會吹過嚟。

因此，「茶餐廳豬扒多」、「我食豬扒多」的「多」屬兩個結構層次。聰明的讀者可以繼續想：副詞應該在動詞的左邊，但為何這個在動詞右面的「多」仍叫作副詞呢？

定啦、嗪啦、得㗎、好喎

中環最近有很多重建計劃，例如拆卸皇后碼頭，最近政府建議把上百年的嘉咸街、閣麟街、卑利街改建成懷舊老店街。電視特輯訪問了老人家願不願意看見中環舊區改建，他說：

（1）唔願意定啦。

地區有新有舊，人物有老有嫩，語言也分古今。老街坊所說的「定啦」是六七十歲老人家的用語，「定」在這兒是個動詞，讀作第二聲ding²，與句末助詞「啦」合成「定啦」。現今我們多用副詞「梗係」來替代，如：「梗係唔願意啦」。究竟「定啦」是個偶然的古語，還是內藏特定的語法規律而一直沿用至今呢？且看老人精如何回應：

（2）唉，唔願意極咪又係要搬，遲又搬早又搬，認命嗪啦。

「嗪啦」這個詞組解作惟有、無奈，跟「定啦」一樣也屬老人家的用語，我們青年人大都不用，取而代之是「惟有認命啦」。兩個字的組合方式也是動詞「嗪」加上句末助詞「啦」。「定啦」、「嗪啦」的分析可總結如下：

	定啦	嗪啦
結合方式	動詞＋句末助詞	
年齡界別	老人家	

老人家接着說：

（3）查實搬都冇相干，但係政府都要話過我知會賠幾多得㗎！

這話最後一語「得㗎」跟「定啦」、「喺啦」一樣，同屬〔動詞+句末助詞〕的組合，即動詞「得」加上句末助詞「㗎」，有理應、應該之意，例如：「我生日你唔同我慶祝，都要寄翻個短訊畀我得㗎」。可是「得㗎」的使用層面較闊，老中青三代都用，所以不屬古舊的言詞。

兩位老人家交談之際，老人瑞突然插嘴道：

（4）除咗賠錢，重要係原區安置好喎！

這個「好喎」組合含最好之意，也是〔動詞+句末助詞〕句式。跟「得㗎」一樣，屬現代語言，例如：

（5）放咗學瞓翻場覺好喎。

「定啦」、「喺啦」、「得㗎」、「好喎」四個組合有今有古，使用頻次老中青三代皆不同，但其結合方式都是一致的，如下表所示：

	定啦	喺啦	得㗎	好喎
結合方式	動詞＋句末助詞			
年齡界別	老人家		老、中、青	
年代	古舊		現代	

究竟普通話有沒有這樣的構詞方式呢？如果沒有，則如何表達箇中意義呢？最後，我們常說的「算罷啦」、「走罷啦」、「離開佢罷啦」之中的「罷啦」，大家認為是否屬以上所討論的結構呢？

否定句裏的「罷啦」

早陣子，沉太宣布參選議員，誓同熱太一較高下，沉寂的政治氣氛頓時給一個補選議席搞熱起來。講政治我只有這一言半語，「算罷啦」，還是講粵法好了。

「算罷啦」是前文留下的尾巴，「罷」唸作「把」，譬如：「收聲罷啦」，即建議對方閉嘴，有「不如這樣做之意」。「罷啦」一語究竟有什麼句法上的特點呢？請看：

（1）收聲啦、咪出聲啦

兩句意思一樣， 左面是肯定句， 右面是否定句，「咪」是個否定詞。如果「啦」加上「罷」字成「罷啦」，肯定句依舊正確，否定句則不對。如：

（2）收聲罷啦 ✔ 咪出聲罷啦 ✗

這個差異還有其他例證嗎？請看：

（3）離開佢啦、咪再跟佢啦

這兩句意思對等，既可用肯定句也可用「咪」字否定句來表示。跟例（2）的語感一樣，「罷啦」使否定句不合語法，如：

（4）離開佢罷啦、咪再跟佢罷啦 ✗

綜上所述，以「罷啦」結尾時，肯定句正確，否定句不正確。以「啦」結尾時，兩個句式均合語法，如下表所示：

肯定句容納「啦」、「罷啦」		否定句只容納「啦」	
收聲啦	收聲罷啦	咪出聲啦	咪出聲罷啦 ✗
離開佢啦	離開佢罷啦	咪再跟佢啦	咪再跟佢罷啦 ✗

分析至此，大學程度已達。好學的你欲更上層樓，就要繼續問下去：為什麼否定句與「罷啦」不能夠並存？

否定詞「咪」在句子中處於句首，「罷啦」佔着句末，句首與句末是邊緣位置。換言之，「咪」與「罷啦」為什麼不能夠並存於邊緣位置呢？我們試省略上述句子的中間部分而保留其邊緣位置的成分，看看有什麼發現。

	肯定句		否定句	
邊緣位置	＿＿＿啦	＿＿＿罷啦	咪＿＿＿啦	咪＿＿＿罷啦 ✗
字詞數目	一	二	二	三

結果顯示句子的邊緣位置最多容納兩個字，「咪……罷啦」含三個字，致使句子不合語法。依此，我們得出邊緣位置的成分在數量上是有所限制的。

起初，我們從「罷啦」在肯定句、否定句裏的表現概括了一些使用法則，繼而深入推敲，鎖定邊緣位置的含詞容量就是問題的關鍵。整個過程就是語法學的樂趣所在，也是驅使我執筆此書的動力所在。

10 介詞篇

同我收聲、同我企好

話個名過我

「三蚊㗎呢度」與「三塊在這裏」

介詞大比併

同我收聲、同我企好

本題「同我收聲」的「同」跟北京奧運口號「同一個世界，同一個夢想。」的「同」意思一樣嗎？跟《明報》專欄「同你講正句」的「同」一樣嗎？跟「同晒你玩」的「同」一樣嗎？又跟「同你一齊去」的「同」一樣嗎？

正因「同」字的用法這麼多，所以我們較少注意到「同我收聲」這個「同」字的用法。其實這個用法並不陌生，是師長常常發出命令的方式。假設在課室裏，老師或會這樣對學生說：

（1）你同我企好啲。

（2）你同我計啱條數。

（3）你同我收聲。

要分析「同」的地位，先從語意入手。這三項命令中，究竟誰做當中的動作？即誰站好一點？誰把數計好？

誰閉嘴？

當然不是「你」與「我」一起去做這些動作，換言之，這個「同」不能解作「和＿＿＿＿＿＿一起」的意思，如：

（4）你同我一起企好啲。✗

（5）你同我一起計啱條數。✗

（6）你同我一起收聲。✗

因此，例（4-6）皆不合語法。

當然，「我」也不是施事者，因為「我」，即老師，是命令的發出者。那麼，剩下來的就是「你」，「你」就是施事者，做出老師所吩咐的動作。依此，「同我」就結合成一個詞組，如下所示：

（7）你〔同我〕企好啲。

（8）你〔同我〕計啱條數。

（9）你〔同我〕收聲。

「同我」的意思是依照我的意思去做某動作。例（7-9）的「同我」可換成：

（10）你照我意思企好啲。

（11）你照我意思計啱條數。

（12）你照我意思收聲。

例（10-12）中，「照我意思」是介詞詞組，而「照我意思」與「同我」等義，因此，「同我」也是介詞詞組，「同」是介詞。

按理，只要是命令，就必定能進入「同我」句。那麼，「唔好企出去」、「唔好計錯條數」、「唔好出聲」可以跟着「同我」嗎？請看：

（13）你同我唔好企出去。✗

（14）你同我唔好計錯條數。✗

（15）你同我唔好出聲。✗

例（13-15）均不合語法。雖然「唔好企出去」就是「企好啲」，「唔好計錯條數」就是「計啱條數」，「唔好出聲」就是「收聲」，但是這些動詞詞組均以「唔」字開頭，屬否定式的動詞詞組。換句話説，「同我」式命令句只接受肯定式的動詞詞組，而不接受否定式的。上述分析概括如下：

	同我＋動詞
同	介詞
同我	介詞詞組
意義	依照我的意思
動詞	不能用否定式

話個名過我

近年來，傷風咳嗽都去看中醫，就是去中環那間十分出名的藥材店。醫師年過七十，筆鋒剛勁。還記得他撰寫藥方寫到病人姓名的欄目時，總會説：「請你話個名過我。」

醫師這句子很有趣，跟慣常聽見的不同，平時我們會説「話個名畀我」，試比較：

（1）話個名過我。

（2）話個名畀我。

兩句差異就在「過」與「畀」之別。

兩句説話均屬「與格句」，敍述某事物從一方轉移、送至另一方，所以句子一般都有給予的意義。以「話個名畀我」來説，名字寫好之後便從我方轉移、送至醫師那方。類近的例子有：

（3）佢會寄封信畀我，同埋送枝花畀我。

要是醫師，他或許把這句中的「畀」字換作介詞「過」字而成：

（4）佢會寄封信過我，同埋送枝花過我。

「畀」、「過」一方面是介詞，但另一方面又是動詞。那麼，當動詞遇上介詞時，句子會變成怎樣呢？請看：

（5）畀啲錢畀我。✗

（6）過啲錢過我。✗

例（5-6）裏，當「畀」、「過」同時用作動詞和介詞時，句子便有兩個「畀」或兩個「過」，所以在後方作介詞的「畀」字、「過」字便給省略，句子便縮略為「畀啲錢我」、「過啲錢我」。

當動詞「畀」配介詞「過」，或動詞「過」配介詞「畀」的時候，因沒有字詞重複，所以便無需省略，即：

（7）畀啲錢過我。

（8）過啲錢畀我。

上面的動詞與介詞屬格開式，即兩者間有距離，如：「送 ______ 畀／過」；另一種是緊扣式，動詞緊扣介詞。請看：

（9）點解你送畀佢唔送畀我？

（10）點解你送過佢唔送過我？✗

例（9）中，「送畀」便是緊扣式，句子合語法。但例（10）不合語法，這點顯示我們沒有「送過」這個緊扣式。

最近跟博士生羅奇偉師弟討論與格句問題時，我問他聽過以下的説法沒有：

（11）**送個大花樽畀過阿Sam同師母**。

這句特色是，動詞為「送」，後面則有兩個介詞「畀過」連用，整個格局就是「送 ______ 畀過」。師弟説沒聽過，讀者的民意又如何呢？上述分析總括如下：

	「畀」與「過」
詞類	介詞
隔開式	送 ______ 畀佢、送 ______ 過佢
緊扣式	獎盒糖送畀佢✓、獎盒糖送過佢 ✗
「畀過」連用	送 ______ 畀過佢

與格句的「畀」字、「過」字反映人們的年齡層次，老人家多用「過」字，我們多用「畀」字。句式一新一舊，在社會裏如何交換、興替、並存均屬有意思的課題。

「三蚊喺呢度」與「三塊在這裏」

標題的兩句話：「三蚊喺呢度」與「三塊在這裏」，前者是粵語，後者是普通話，意義均等，組件對應整齊，「三蚊」對「三塊」；「喺呢度」對「在這裏」。但各位有否想過，這只是表面現象，當細看深層結構，揭開語言背後的規則，我們便能發現兩句話的成分不盡相同。

首先，「三蚊」、「三塊」都指稱「三元」這個幣值。在這個意義下，「蚊」可算是等於「塊」；可是，從語法角度看，「蚊」與「塊」是兩個不同的詞類，「蚊」是名詞，「塊」是量詞。古時錢幣叫文錢，是中間通空的圓形硬幣。三元就是三個文錢。三是數詞，個是量詞，文錢是名詞。

語言往往有省略的情況出現，粵語把量詞「個」剪掉，把留下來的名詞轉讀成「蚊」，結果就成為「三蚊」。普通話則保留量詞「塊」，刪除名詞「文錢」，繼而得出「三塊」。細節如下：

表幣值	數詞	量詞	名詞	省略結果
粵語	三	個	文錢	→三文錢→三蚊
普通話	三	塊	文錢	→三塊

所以雙音節的「三蚊」與「三塊」，粵語的拼合手段是「數－名」組合，普通話則是「數－量」組合。

兩者句法表層的相似與深層結構的不同，除了體現於上述的數量組合外，也體現於「喺呢度」和「在這裏」。我們可以用相同的辦法，把這兩個詞組擴展開來，從而找出箇中省略的路向。請看擴展後的句子：

呢度裏面。（粵）

這處裏面。（普）

當然，日常用法沒有這般累贅，我們可以假設這是修剪前的樣貌。「呢、這」是指示詞；「度、處」是量詞；「裏面」是名詞。

經句法系統修剪後，結果粵語保留了量詞「度」，普通話則保留名詞「裏」，如下頁表格所示：

表處所	指示詞	量詞	名詞	省略結果
粵語	呢	度	裏面	→呢度
普通話	這	處	裏面	→這裏面→這裏

加上適當的動詞後，便形成「喺呢度」和「在這裏」。

綜合表幣值、表處所的方法，兩種語言的省略辦法都不同，時而取量詞捨名詞，時而取名詞捨量詞。下表「+」號表示保留，「–」號表示省略。

		量詞	名詞
表幣值	粵	–	+
	普	+	–
表處所	粵	+	–
	普	–	+

語法學家當然不會止步於此，他們會繼續發問，如果「喺呢度」和「在這裏」持續省略下去，會變成什麼樣子，結果就如下面的例子：

小明喺度發夢。（粵）

小明在做夢。（普）

普通話可以一直省略下去，只保留「在」字，但粵語則需保留「喺度」，光用「喺」是不行的；另外普通話如果不省略，全用「在這裏」三字，仍合符語法。請看：

小明喺發夢。（粵）✗

小明在這裏做夢。（普）

換句話說，粵語只能用「喺呢度」，而普通話則「在」、「在這裏」皆可用。

有了上述的對比，我們學習語言時，除了要注意表面語音語義的對應關係外，更可以為句子拍一幀X光照片，照出內裏複雜而有趣的句法骨架。

介詞大比併

二十年前在科大教書，有一次觀摩一位老師教授外國學生如何分辨粵語及英語的介詞詞組，例如：「個盒入面」及“in the box”。有個學生問道：「英語‘in the box on the table’，粵語如何表達？」以粵語為母語的老師和我都喃喃自語了一會，才得出適當的表達方式：「張枱上面個盒入面」，不能像那學生般用自己的母語流暢地表達同一意思。為什麼英語的介詞詞組，如：“in the box on the table under the tree...”較容易產生呢？粵語在語言產生方面真的遜色於英語嗎？

問題的關鍵不在於句子的表層結構，而在於深層結構裏詞組相互間的連結模式。打個比喻：表面上左右手沒有分別，但其實右手是機械手，表現有異於左手。請看：

My pen is in the box on the table.

我枝筆喺張枱上面個盒入面。

上句其實是一個歧義句，可以表達兩個意思：一是桌子上有個盒子，盒子裏有筆。另一個是盒子裏有張桌子，桌子上有筆（例如：移民時，桌子、沙發等家具都是裝進大箱裏，而筆就在桌子上）。可是，下句就沒有歧義，只表達第一個意思，第二個意思則要另句表達，如：

我枝筆喺個盒入面張枱上面。

由此可見，英語的介詞詞組可產生歧義，粵語的介詞詞組則表達一個意思。

問題的癥結在於詞組的深層結構，以何種形式結合起來。如粵語裏：

張枱上面（個盒入面）

兩個介詞詞組是以套嵌式套在一起，猶如俄羅斯娃娃一個套着一個。所以，詞組間結構緊密，只表達一個意思，沒有歧義。至於英語，如：

（in the box）（on the table）

括弧內的介詞詞組是以串連方式串在一起，好像列車車卡一個連着一個，結構較套嵌式靈活，但也容易產生歧義。

從語言產生的角度來看，英語的介詞詞組是靈活地串連起來的。所以，我們造出這類詞組時，感覺較容易，所需時間較短，但代價是詞組會產生歧義。相反，粵語的介詞詞組是嚴謹地套嵌而成的。造出這類詞組時，感覺較困難，所需時間亦較長，但語句不會產生歧義。

綜合結構、語意、產生時間等因素，粵英的介詞詞組析述如下：

介詞詞組	粵語	英語
深層結構	套嵌式	串連式
產生意義	沒歧義	歧義

11 歎詞篇

起始助詞的指示與感歎

「呢」、「嗱」的相同用法

「呢」、「嗱」的相異用法

起始助詞的指示與感歎

在粵語裏，置於句首的詞項，如：「呢」、「嗱」、「哎呀」，傳統上都統稱做「歎詞」，但本文暫且把「哎呀」稱作歎詞，把「呢」、「嗱」稱作指示詞。「哎呀」、「呢」、「嗱」都是自由語素，獨立或不獨立成句皆可，請看：

哎呀，唔記得帶書呀。

呢，喺個度。

嗱，喺個度。

「呢」、「嗱」雖然跟其他歎詞，如：「哎呀」、「嘩」等一樣，都可置於句首，但在斷截句子這一功能上就大大不同。感歎詞可合法斷截話語，請看：

我…嘩…好…嘻嘻…鍾意…哎呀…你，囉。

但「呢」、「嗱」就不能，如：

我…呢…好…嗱…鍾意…嗱…你，囉。✗

上述區別顯示「呢」、「嗱」沒有感歎意義。通常在話語間斷時，說話人需要轉換語氣才會加入感歎語氣詞，而兩個助詞在這些間斷位置沒有作用，顯示它們不能表達情感，沒有感歎意義。

雖然歎詞與指示詞分別屬於兩個詞類，但下列二例顯示感歎詞「啤」、起始助詞「嗱」都能用作動詞，能後附表達進行的體貌助詞「緊」。請看：

小明：啤，好叻咩！

小芬：媽咪，小明「啤」我呀……佢仲「啤」緊我呀。

小明：嗱，咪喺度……

小芬：媽咪，小明「嗱」我呀……佢仲「嗱」緊我呀。

即使「呢」、「嗱」主要作指示之用，但有些情況是「指示中有感歎」。以「呢」為例，這個語素有兩個形式：「呢〔ne¹〕」（第一聲）和「呢〔ne²〕」（第二聲）。兩個變體都有指示功能。但若出現在同一語境中，「呢〔ne²〕」的指示功能所傳達的語氣較「呢〔ne¹〕」為強，兩者在話語中的先後次序於是受到影響。請看下列左右二例：

甲：嘩，棵樹有隻松鼠呀。 乙：喺邊呀？ 甲：呢〔ne¹〕。（指向樹上） 乙：邊度唧？ 甲：呢〔ne²〕，喺嗰邊呀。 （伸直手臂，指向樹上）	甲：嘩，棵樹有隻松鼠呀。 乙：邊呀？ 甲：呢〔ne²〕。（指向樹上） 乙：邊度唧？ 甲：呢〔ne²〕（呢〔ne¹〕✗），喺嗰邊呀。 （伸直手臂，指向樹上）

在左例裏，「呢〔ne¹〕」在前，「呢〔ne²〕」在後，次序沒問題，因為加強語氣的「呢〔ne²〕」在後頭，這符合日常話語流程的規律——先用語氣較弱的成分，之後有需要補充或強調時，才用較強的成分。但在右例裏，一開始就用上「呢〔ne²〕」，如果聽話人明白所傳達的信息，問題不算太大；不幸地，聽話人再次向説話人查詢，這時説話人起碼要再用上語氣程度相同的「呢〔ne²〕」，對話才能自然地接續下去。如果用語氣較輕的「呢〔ne¹〕」來後接較強的「呢〔ne²〕」，這樣便違反了話語的慣例。

這個例子説明了：縱使「呢〔ne¹〕」、「呢〔ne²〕」兩者都有指示意義，但各含強弱不同的語調，正是「指示中有感歎」。

此外也有感歎詞中見指示的，如：

妖，好叻咩。

「妖」是個較粗俗的感歎詞，表達了憤怒的情感，透露説話人的不滿，但同時亦回指他之前的不悦經歷，譬如看見朋友炫耀他考試取得滿分，説話人便用「妖」回指這段經歷。

總的來説，一方面，感歎詞、指示詞雖然有着相同的句法特質，但有不同的語用功能，表達不同的交際意義；另一方面，指示詞在某些情況下能表達説話人的情感語氣，而感歎詞又有指示對象的用法。

就是這種「指示中有感歎，感歎中見指示」的交錯關係，我們不妨把感歎詞、指示詞皆統一在「起始助詞」這個新類別中，因為「起始」不單表達句子開始之意，還能作話語起首之用，表達不同程度的指涉意義和情感意義。

「呢」、「嗱」的相同用法

「呢、呢、呢」、「嗱、嗱、嗱」也許就是「呢」、「嗱」兩個起始助詞的常見用法。究竟兩者的用法是否止於此呢？本文先談論其相同用法。

首先，兩者都有指涉事物的指示功能，而指涉對象必須身在現場，如：

呢／嗱，第三行第一個囉。

呢／嗱，戴眼鏡嗰個咪阿明囉。

「呢」、「嗱」都可獨立成句，並配以適當的動作，例如用手指指向或用眼神望向屬意的事物，來達到指示的功能。當然指涉物一定要在語境的視線範圍內，如：

甲：喺邊度呀？都唔見。

乙：呢！／嗱！

甲：隻雀仔呢？

乙：呢！

甲：十蚊吖！

乙：嗱！（陸鏡光 2001）（註①）

兩個助詞還可重疊三次，起強調作用，猶如感嘆詞的功能，如：

嗱、嗱、嗱，終於人贓並獲喇！

呢、呢、呢，你又搞唔掂喇！（鄧思穎 2002）（註②）

除此之外，「呢」、「嗱」還可與表達明顯特徵的句末助詞搭配起來，如：

呢／嗱，第三行第一個囉。

呢／嗱，第三行第一個吖嘛。

呢／嗱，第三行第一個啩。✗

首二例運用的「囉」、「吖嘛」表示了所指涉的事物有明顯特徵的信息，能跟「呢」、「嗱」配合起來。相反，最後一句「啩」有不確定的意思，指涉物的明顯程度很低，不能跟「呢」、「嗱」一起使用。

由於「呢」、「嗱」具指示性，要求指涉物具明顯特徵，所以我們回答別人問路的時候，只要所指事物處於語境視線範圍內，

令說話人產生相當的熟悉程度，該事物就可接受「呢」、「嗱」的指示和代替。

請看：

遊客：請問科大游泳池點去呀？（在科技大學圖書館門口）

科大舊生：呢／嗱，喺嗰邊搭電梯落去，跟住再問人啦。

科大新生：呢／嗱，或者喺嗰邊搭電梯落去，跟住再問人啦。✗

例子指涉的地方是香港科技大學的游泳池，處於語境所述的科大校園內，縱使視線範圍觸及不到，但對於科大舊生來說，也是個明顯的事物，當舊生運用「呢」、「嗱」，並加上手指指向通往泳池的電梯方向時，信息便能傳達得到。可是對於科大新生來說，游泳池的位置未必是個明顯的信息。所以運用「呢」、「嗱」作起始助詞來表達對事物的不確定性，便不能接受了。

「呢」、「嗱」由於含指示功能，按理不能出現在疑問句的首位，只可以出現在肯定句裏，如：

呢／嗱，本書喺嗰度。

如果被疑問的對象還沒出現在語境裏，因為不明顯的關係，不能接受起始助詞的指示和代替，下面一例便不合語法。請看：

呢／嗱，本書喺邊度？✗

至於跟時間詞的關係，「呢」、「嗱」只能跟表達現在時間的字詞配合，如：

嗱，而家落緊雨。（鄧思穎 2002）（註[③]）

嗱，尋日落過雨。（同上）✗

嗱，聽日會落雨。（同上）✗

呢，而家落緊雨。

呢，尋日落過雨。✗

呢，聽日會落雨。✗

上述「呢」、「嗱」種種相同的用法，顯示兩個助詞都有指示功能，而指涉的對象要麼是身在現場，要麼是為説話人所熟悉，或者所指涉的事件是在説話之時發生的。這一切條件都可歸結為：指涉對象需要有高度的明顯性，才能配合「呢」、「嗱」的使用。另外，助詞的重疊用法，證明「呢」、「嗱」也可表強調的語氣，具感歎功能。

註釋：

① 陸鏡光：〈漢語方言中的提示詞〉，《全國方言學會第十一屆學術年會》（2001）。

② 鄧思穎：〈粵語「嗱」的一些語言特點〉，《中國語文通訊》（2002年第64期），第43至49頁

③ 鄧思穎：〈粵語「嗱」的一些語言特點〉，《中國語文通訊》（2002年第64期），第46頁。

「呢」、「嗱」的相異用法

起始助詞「呢」、「嗱」除了有相同的用法外，還有沒有相異的用法呢？我們試試從指示功能與指涉物的明顯性，尋找二字的足迹。

主題事物是否身在現場，都影響起始助詞的指示表現。請看：

個小明呀，呢，先生成日罰留堂嗰個呀。

個小明呀，嗱，先生成日罰留堂嗰個呀。✗

第一例顯示，作為主題的「小明」即使不在話語現場，「呢」亦可以回指他；但在第二例裏，如果轉換了「嗱」，小明則一定要身在現場了。究其原因，就是主題在場時，其明顯性便提高，說話人較易把它辨認出來，所以用「嗱」來指示它；主題不在場時，其明顯性降低，說話人便得用上遠指「呢」來指示主題了。

請看：

甲：哎吔，跌咗隻假牙呀！幫手搵啦！

乙：呢（嗱✗），喺碗飯度呀。

甲：喺邊呀？都唔見。

乙：嗱（呢✗），呢度呀！

按理假牙與甲和乙的距離應該很近，奇怪的是在第一次回應時，乙棄「嗱」而取「呢」；往後乙再指示同一事物時，用「嗱」似乎較穩妥。箇中癥結同新舊信息有關，當乙在飯碗裏找到假牙，這項表達處所的資料對乙來説是條新信息，心理距離較遠，所以較適合用「呢」去指示這項新發現的處所資料。之後，乙重指飯碗處，這條處所資料對他來説已變成舊信息了，心理距離拉近了，所以用「嗱」則較符合語感。簡單來説，如果指涉物對説話聽話雙方來説是新信息，其明顯度便會降低；假若是舊信息，即在話語中曾提及過，該物的明顯度便提高了。

在提醒或要求對方緊記某項資料時，「呢」、「嗱」也起着不同的作用，如：

呢，記唔記得呀？美國總統咪叫喬治布殊囉……

嗱，美國總統叫喬治布殊。（鄧思穎 2002）（註①）

第一例有提問詞，顯示「呢」有提問作用。至於第二例，「嗱」則要求聽話人好好記着，語調較強硬。

關於「呢」的提醒、提示用法，這裏有一點補充，就是粵語某些雙音節的起始助詞，能在提出新建議時，多添一些引導意味，讓聽話人有點準備，以進入新話題的討論。這樣，意見提出來時便

不會顯得太突然，如：

呢喂，不如寫份paper講「起始助詞」吖。

呢喂，就聽日去睇戲啦。

呢嗱，你死都要死掂佢。

呢咁，啲「句末助詞」咁鬼複雜，不如寫「起始助詞」嘞。

上述例句有三個不同的雙音節助詞：「呢喂」、「呢嗱」、「呢咁」，其中「呢」是當中共同的成分，而且佔據着首位，所以可以推斷出「呢」在這些雙音節助詞中有提示的作用。

綜上所述，「呢」、「嗱」都有提醒和轉換話題的作用，這兩個功能均表示説話人對某事產生不同的情感和語調。不同的是「呢」、「嗱」表達情感的強弱輕重不一。

「呢」、「嗱」相異和相同之用法，均顯示出兩個助詞都有指示、感歎功能，而指示功能同樣要求指涉物具明顯性。總括而言，起始助詞「呢」、「嗱」各自擁有不同的指示和感歎特徵。體現指示特徵的條件就是指涉物對説話人來説必須具有明顯性，這明顯性的高低程度便決定了如何取捨用「呢」還是「嗱」。

註釋：

① 鄧思穎：〈粵語「嗱」的一些語言特點〉，《中國語文通訊》（2002年第64期），第46頁。

12 離合詞篇

有自唔在、攞苦嚟辛

容乜易、麻乜煩

鬆散與逆轉

有自唔在、攞苦嚟辛

2007年美國的次級按揭信貸危機衝擊環球股市，港股也受牽連大幅下挫。

2007年八月開始，美國出現了次級按揭信貸危機；2011年十月開始，歐洲出現金融貨幣及信貸評級危機，影響波及全球，香港股市樓市在近幾年大上大落，推高市民的投機情緒，青年甲對青年乙說：「你為什麼還不辭工來炒股票呢？真的『有自唔在、攞苦嚟辛』！」

粵語「有自唔在」、「攞苦嚟辛」這兩個特殊的短句，究竟是偶然、孤立地形成，還是內藏特定的規律呢？

首先，「有自唔在」源於「自在」一詞，這詞普通話都有，但卻不能像粵語般擴展。「自在」原來是個形容詞，在短句中給隔開後，「自」被當成一個名詞，化為動詞「有」的賓語，構成「有自」。「在」本身是個動詞，跟否定詞「唔」組合起來成「唔在」。

至於「攞苦嚟辛」，這短句源於「辛苦」一詞，普通話也有這詞，但不能像粵語般把它拆開。「辛苦」本來是個形容詞，跟「自在」一樣分隔成「攞苦嚟辛」。「苦」可以作名詞用，配上動詞「攞」構成「攞苦」。而「辛」卻被當成動詞，與動詞「嚟」結合成「嚟辛」。

「攞苦嚟辛」有一個地方跟「有自唔在」相異，就是「辛苦」的詞序在短句裏是對調的，即「×苦×辛」。但「自在」的詞序在短句裏卻得以保持，即「×自×在」。

分析至此，我們似乎已弄出點頭緒來了，就是兩個短句都是把原來的詞語分隔開後，加上別的字詞組合而成。究竟粵語裏是否只得這兩個例子有特殊的隔開方式呢？

我們可以再多看幾個短句「係威係勢」、「身水身汗」、「冇覺好瞓」，譬如：「佢成日着住件博士袍，係威係勢咁，最後搞到身水身汗，冇覺好瞓。」句子意思是他常穿上博士袍，裝腔作勢，最後弄至汗流浹背，不能入睡。「威勢」、「汗水」兩詞粵普都有，「瞓覺」則為粵語獨有，但三個詞組在粵語中皆能分拆，把「威勢」拆成「係威係勢」，把「汗水」、「瞓覺」調換成「水汗」、「覺瞓」，再分裂成「身水身汗」、「冇覺好瞓」，這些分拆普通話裏通通不能容許。從這意義上分析，這些短句跟文初所提及的短句例子相似，全部都是加插一些字詞把原來的詞語分開，運用符號可把這規律表示為「×威×勢」、「×水×汗」、「×苦×辛」、「×自×在」、「×覺×瞓」。綜上所述，我們可得出下表：

	離合詞
分隔前	威勢、自在、辛苦→苦辛、汗水→水汗、瞓覺→覺瞓
分隔後	×威×勢；×自×在；×苦×辛；×水×汗；×覺×瞓

這種分隔式其實普通話也有，如「幽默」可變成「幽他一默」，「睡覺」可延伸至「睡一場覺」，也是以字詞插進並分隔原來的詞語，所以「幽默」、「睡覺」，連同上述的「有自唔在」、「攞苦嚟辛」、「係威係勢」等皆可稱作「離合詞」，意謂本應結合得很緊密的詞組，內裏組件仍能加插外來的字詞。

容乜易、麻乜煩

月有陰晴圓缺，人有悲歡離合，詞有鬆緊散聚。如果發覺親戚、朋友的叫法太悶，可以玩個crossover，即：

各位親朋戚友，一齊嚟crossover啦。

結果就是「親」搭「朋」、「戚」配「友」。另外，「親戚」、「時刻」、「時候」、「的確」各詞組前後的字也可鬆一鬆，如：

認親認戚／限時限刻／定時定候／的而且確／過時過節／大時大節

上述例子是由雙音節變成四音節，下面還有其他音節數目的例子：

例如：

故然→故之然；

一時間→一時之間

忽然間→忽然之間

突然間→突然之間

當時→當其時

到時→到其時

晨早→晨咁早

成日→成鬼日

le² he³→le²**咁**he³

laau² gaau⁶→laau²**咁**gaau⁶

這些例子所插進去的字詞為「之」、「其」、「咁」，這三個成分有個共通點，就是有指示功能，即有這時、那時、這麼、那麼之意。

添加了這些指示成分後意義上會有什麼改變呢？「故然」與「故之然」，「一時間」與「一時之間」，「當時」與「當其時」，「到時」與「到其時」，我看不出有什麼大分別。可是，在「晨早」、「le² he³」、「laau² gaau⁶」當中加了「咁」之後，語氣明顯加強了，即有「如此這般」之意。有趣的是，「成日」可插入「鬼」作「成鬼日」，「鬼」與「咁」同樣是加強語氣，但不能對調，如不能說「晨鬼早」、「成咁日」。這些插入手法在普通話裏是很少見的。

上述分析可總結如下：

鬆緊散聚的現象	指示詞	插入字詞後意義有否改變
故然→故之然 一時間→一時之間 忽然間→忽然之間 突然間→突然之間	之	沒有
當時→當其時 到時→到其時	其	
晨早→晨咁早 le² he³→le²咁he³ laau² gaau⁶→laau²咁gaau⁶	咁	有

另外，加插一些非指示性的字詞也是可以的，請看：

容易→容乜易

麻煩→麻乜煩

自然→自不然

周時→周不時

時時→時不時

間中→間唔中

這些詞語加插了字詞後，都是由雙音節變成三音節。中間所添上的成分有「乜」、「不」、「唔」，均屬否定詞類別。雖然如此，它們沒有影響原來雙音節的意義，例如：「容易」即等如「容乜易」；「自然」等如「自不然」；「間中」等如「間唔中」，加插了也沒有否定原來的意義而產生新的意義。普通話雖然也有「容易」、「麻煩」、「自然」、「間中」等字，但不能在中間添加否定詞。

在上述例子當中，「容乜易」和「麻乜煩」還可以更鬆散，可加「鬼」加「嘢」。請看：

容乜易吖→容乜鬼易吖→容乜鬼嘢易吖

麻乜煩吖→麻乜鬼煩吖→麻乜鬼嘢煩吖

上述分析可總結如下：

<table>
<tr><th>鬆緊散聚的現象</th><th>否定詞</th><th>插入字詞後意義有否改變</th></tr>
<tr><td>容易→容乜易→容乜鬼易→容乜鬼嘢易
麻煩→麻乜煩→麻乜鬼煩→麻乜鬼嘢煩</td><td>乜</td><td rowspan="3">沒有</td></tr>
<tr><td>自然→自不然
周時→周不時
時時→時不時</td><td>不</td></tr>
<tr><td>間中→間唔中</td><td>唔</td></tr>
</table>

鬆散與逆轉

從語序來看，離合詞經其他字詞插入後，原詞序有時維持不變，例如「當時→當其時；突然間→突然之間」，有時次序逆轉，例如「辛苦→攞苦嚟辛；汗水→身水身汗」。究竟，離合詞的語序逆轉會引發什麼問題呢？

讓我們先多看一些例子，下列詞語分離後，原語序保持不變，如：

古怪→整古做怪；色水→整色整水；手腳→阻手阻腳／kik^{1}手kik^{1}腳／kwang^{3}手kwang^{3}腳

文路→冇文冇路；daap^{6} saap^{3}→冇daap^{6}冇saap^{3}；聲氣→冇聲冇氣；大細→冇大冇細；神氣→冇神冇氣。

後生仔→後生世仔

上述三組例子雖然以不同字詞加進原來詞語，但都沒把原來詞序逆轉過來。

在網絡討論區，如「高登」，近年間興起了一些倒裝的短句，譬如不說「已報警」，而說「警已報」，把原先「報警」的語序逆轉過來。久而久之，這種在中間插入「已」的形式擴展至其他詞性的雙音節詞，例如屬偏正結構的「不安」，便說成「安已不」；屬偏正結構的「大鑊」說成「鑊已大」；並列結構的「沉迷」變成「迷已沉」；就連兩個音節的英語短句“so sad”也講為「sad已so」。這些中插式的新潮用法都令原詞的語序倒轉。

這裏可以作一小結：不論離合詞運用什麼方式組成或選用哪些字詞加進詞組之內，分隔後的字詞仍有可能維持原來次序。接下來要探討的問題是：原本緊密的詞組，因着外來字詞的插入，導致結構鬆散；既然鬆散，就有機會令分隔開的字詞，不再依原有的次序而倒轉過來；究竟離合詞因為本身結構鬆散而促使成分逆轉，抑或成分逆轉後加速其鬆散呢？到目前為止還未有肯定的答案，但王晉光（2006）已有此說明：「漢語保留一形一音一義，可以使凝固的詞語分崩離析，離合現象長存長在。」（註①）

這個「鬆散與逆轉」的關係，可能令一些原本結構裏面沒有任何中插的字詞，詞序也會產生改變，例如屬於名詞的「嘢玩」與「玩嘢」（執返好啲嘢玩／執返好啲玩嘢）；屬於形容詞的「唔少嘢」與「唔嘢少」（呢個資優學生好唔少嘢／呢個資優學生好唔嘢少）；「好尿急」與「好急尿」；「好屎急」與「好急屎」；「好立立靚〔laap3 laap3 ling3〕」與「好靚立立〔ling3 laap3 laap3〕」；屬於副詞的「唔怪得之」與「唔怪之得」（原來你揸車嚟，唔怪得之咁快啦／原來你揸車嚟，唔怪之得咁快啦）；屬於數量詞的「三兩下」與「兩三下」（皇馬三兩下就搞掂咗巴塞／皇馬兩三下就搞掂咗巴塞）。

再思考下去，既然上段例子在沒有中插詞的情況下都容許詞序轉移，那麼要進一步改變的話，就是整個詞組省掉一字，只用單音節表意，例如：

老師：各位同學，你覺得國強篇文章寫得好唔好呢？

A：**幾啦。**（**比較：幾好啦**）

B：**唔太。**（**比較：唔太好**）

C：**唔喎。**（**比較：唔好喎**）

D：**O喎。**（**比較：OK喎**）

E：**O咗。**（**比較：O咗嘴**）

綜上所述，從插入字詞令離合詞詞序逆轉，沒有加進字詞時語序都能逆轉，到構詞鬆散得只用單音節詞代替，這三個現象之間的聯繫，是語言學家的人為總結出來的作用，還是真的有一種語言法則在背後串連呢？

註釋：

① 王晉光：〈粵語「容乜易」與「離合」説〉，《粵閩客吳俚諺方言論》（香港：鷺達文化出版公司，2006）。

廣東話要我 2

作　　者　　歐陽偉豪博士
出版經理　　林瑞芳
責任編輯　　蔡靜賢
編　　輯　　何小書
協　　力　　羅文彧
封面設計　　強　記
美術設計　　Rita
出　　版　　明窗出版社
發　　行　　明報出版社有限公司
　　　　　　香港柴灣嘉業街18號
　　　　　　明報工業中心A座15樓
電　　話　　2595 3215
傳　　真　　2898 2646
網　　址　　http://books.mingpao.com/
電子郵箱　　mpp@mingpao.com
版　　次　　二〇一八年七月初版
I S B N　　978-988-8525-76-8
承　　印　　美雅印刷製本有限公司

本書是《撐廣東話》、《粵講粵法》的增訂版。

港呢啲
歐陽偉豪：
教局引用權威失準
頭條日報
全港No.1 不作他選
【粵語非母語?】Ben Sir拍片怒轟教局引用權威失
壓抑粵語
廣東話
要我2
metro
教局文章「粵語非
失準
教育局教學資源網指「
質疑矮化粵語
粵語
非港人母語論
惹爭辯
Ben Sir發火狠批教育局
教育局上載
機矮化壓抑
Facebook
Twitter
僅方言非母語
「正規的語言教育」
係我哋嘅母語！
拍片批教育局壓抑粵語 Ben Sir唔怕激嬲大台：